例會活動

天籟吟社第三屆第五次理監事聯席會議（2016.12.11 三千教育中心）

第五屆理監事合影（2019.06.09 三千教育中心）

例會活動

天籟吟社己亥年冬季例會，葉世榮顧問正進行抽題拈韻（2019.12.08 三千教育中心）

天籟吟社庚子年秋季例會暨第五屆第二次會員大會（2020.09.13 基隆柯達大飯店）

例會活動

天籟吟社丁酉年秋季例會暨秋季旅遊，本社顧問葉世榮老師解説當年新蘭亭修禊盛況（2017.09.10 士林官邸）

天籟吟社戊戌年秋季例會暨暨秋季旅遊（2018.09.09 國立海洋科技博物館）

例會活動

天籟吟社丁酉年春酒吟宴（2017.02.05 台北晶華酒店）

天籟吟社庚子年春酒吟宴暨祝賀葉世榮老師米壽（2020.02.01　福君海悅大飯店）

藝文推廣

古典詩詞講座一景：曾永義院士主講「聲情與詞情」（2017.12.17）

古典詩詞講座一景：蔣夢龍老師主講「曹容詩書漫談」（2018.12.16）

藝文推廣

二〇一八天籟詩獎頒獎典禮，貴賓與評審、所有得獎者合影（2018.12.08 新莊典華飯店）

二〇一九天籟詩獎頒獎典禮，貴賓與評審、所有得獎者合影（2019.11.27 臺北巴赫廳）

藝文推廣

二〇一九天籟詩獎得獎作品書法展（2020.07.19 三千教育中心）

本社參加「第一屆王者之香古典詩臺語朗誦比賽」會後合影（2016.11.05 臺南文化創意產業園區）

受邀於梅川傳統文化學會「大漢清韻詩詞雅樂發表會」吟唱（2017.11.19 臺中市樂成宮）

受邀於臺北市政府「天籟詠月」詩詞吟唱活動中演出，大合唱〈春江花月夜〉（2018.09.22 臺北市孔廟）

名譽理事長序

自二〇一〇年起天籟吟社，敦請數所文學院著名教授，在本社講授詩詞等課，迄今已逾十年。社員大多受過傳統詩社老師之教導，原本已頗有詩作之根基。再經學院派教授，注入新觀念、手法、技巧，錘鍊結果，各人詩作大有進境，實在可喜可賀。

從各位詞長提供之詩作中，可以看到「對面著筆」、「情景交融，以景結情」、「反常合道，無理而妙」，「反起」、「側筆」等，以不同手法所表現之佳作，並有古體詩作品。此等情形以往較為少見，顯示各位社友正在脫胎換骨，突飛猛進之中。

楊維仁詞長接任理事長以來，引進不少才學俱佳青年詩友，使得本社氣氛年輕化，充滿活力。再者，楊理事長又在本社開班授課，培育英才，短期間內新進學員頗有佳作，更是難能可貴。此外，他並致力於與其他詩社間之交流聯誼，增進天籟吟社之公共形象，以上均屬本社值得慶賀之事。

希望我們共同努力，切磋砥礪，攜手邁進，使得每位詞長詩藝，百尺竿頭，更進一步；本社社運，蒸蒸向上，日漸昌隆。

臺北市天籟吟社名譽理事長　姚啓甲　謹誌

理事長序

天籟吟社自一九二二年林述三先生創設迄今，已有九十八年歷史，近百年間，歷經政權更迭與人世滄桑，社務雖有興衰起伏，社員雖有代謝更替，幸喜本社推行傳統詩教之精神貫徹至今，賡續不輟。

二〇一一年六月，本社正式立案為「臺北市天籟吟社」以來，歐陽開代先生連任第一屆、第二屆理事長，姚啓甲先生續任第三屆、第四屆理事長。兩位理事長任內八年期間，社務蓬勃發展：自二〇一一年四月起，每月舉辦古典詩詞講座，迄今已逾九十次，可謂臺灣詩壇持續舉辦最久的詩學講座；自二〇一四年九月起，長期開設「古典詩詞寫作及吟唱班」，提供社會人士學詩的課程；自二〇一四年起，每年舉辦全社詩詞吟唱觀摩，推廣社內吟唱風氣；自二〇一八年起，每年舉辦天籟詩獎，推動臺灣詩風。天籟吟社在歐陽理事長和姚理事長的領導下，長期推動臺灣詩學風氣，廣受各界肯定。

維仁自二〇〇〇年加入天籟吟社以來，承蒙故社長張國裕老師、歐陽開代理事長、姚啓甲理事長指導熏陶，以及諸多師長的督促勉勵，歷任副總幹事、總幹事、理事、常務理事，復於去（二零一九）年六月，承蒙諸多社友厚愛推舉，接任本社第五屆理事長，一年多來戰戰兢兢，惟恐有愧天籟盛名，幸賴顧問葉世榮老師、歐陽理事長、姚理事長時加指導，全體理監事鼓勵監督，張富鈞總幹事鼎力匡助，持續辦理各次例會、講座、課程、活動與天籟詩獎，期能無忝此一使命。

回顧本社於二〇〇七年編印《天籟新聲》，二〇一〇年出版《天籟吟社九十週年紀念集》，又於二〇一五年梓行《天籟清吟》，以上三集都以輯錄例會詩作與同仁作品為主，已成為近年本社慣例。如今又屆五年之期，積稿已豐，依原定計畫編輯《天籟清詠》，委請總幹事張富鈞博士主持編務，何維剛、莊岳璘兩位社友協助編輯。本書除輯錄近年例會入選詩作與同仁自選作品之外，也收入天籟吟社九十五週年社慶徵詩集錦、顧問葉世榮先生米壽賀詩專輯。另請何維剛博士撰寫〈天籟吟社一百周年考辨〉一文，審慎考訂各項史料，對於釐清本社創立年代，當有一錘定音的確論。

現當《天籟清詠》出版前夕，維仁敬謹報告天籟吟社近年概況及本書出版緣由，敬請詩壇先進與各界不吝賜教。

臺北市天籟吟社理事長　**楊維仁**　謹誌

庚子季秋二〇二〇年十月

天籟清詠——目次

天籟吟社社員詩作選

天籟吟社例會詩作集錦

天籟吟社乙未年秋季例會詩作集錦

二〇一五年九月十三日於三千貿易教育中心
首唱詩題：天籟薪傳，七律，十四寒韻
左詞宗：陳麗卿女史
右詞宗：甄寶玉女史

左元右眼　洪淑珍

吟旌高卓稻江干，文運興衰責未闌。
志仰尼山弘聖道，調傳天籟譽騷壇。
菁莪作育淵源在，雅集蒐編眼界寬。
風勵儒林春九五，綿長嗣響見榮觀。

右元左十一　楊維仁

斯文一脈蔚榮觀，風雅傳承興未闌。
璀璨詩篇光藝苑，悠揚吟調滿騷壇。
長涵潔質崑山玉，不絕幽香楚畹蘭。
交接歐姚薪火續，升騰社務似鵬摶。

左眼　洪玉璋

礪心初創克辛艱，天籟長宣古調彈。
三代授徒詩禮富，五賢掌柁德才寬。
惜陰輔讀新資訊，化雨兼修舊史刊。
竭力栽培多士出，起衰功業記毫端。

左花　鄞　強

礪心齋署耀騷壇，天籟吟風志氣寬。
才俊世榮精藝術，賢能國裕壯文瀾。
音傳鯤島詩堪頌，缽擊儒林績可觀。
人仰述三桃李秀，恢宏大雅秉心丹。

右花左十四

林　顏

礪心齋設樹標竿，漢學推行不畏難。
鼓吹元音維道統，輪扶聖教起龍蟠。
菁莪孕育詩風盛，藜火傳承筆陣寬。
裊裊春江花夜月，調吟天籟眾追歡。

左四

林瑞龍

殖民教育最心寒，天籟應時先發端。
風勵儒林同界仰，力揚國學世人歎。
吟聲嘹喨三唐韻，文氣渾圓兩漢翰。
河洛正音延一脈，千秋鄒魯繼騷壇。

右四

鄭美貴

礪心齋設肇開端，九五星霜挽倒瀾。
風勵儒林揚聖教，調吟天籟震騷壇。
騰蛟起鳳元音壯，繡虎探驪筆力磐。
奕代相承薪火繼，姚翁振鐸秉心丹。

左五

黃言章

天籟林公首發端，英才樂育不疲殫。
鱣堂經授心兼血，絳帳薪傳暑繼寒。
泰斗儒師延術座，聰明學子躍詩壇。
欣迎九五春秋慶，桃李成林蔚大觀。

右五左十五

姚啓甲

天籟揚詩不畏寒，元音磅礡響騷壇。
尊師設帳詞增麗，立案傳賢社益寬。
唐調高吟宣大雅，虞韶弘育繼文翰。
礪心齋起培新秀，一脈延綿拭目觀。

左六右九

莫月娥

春風化雨路漫漫，啓發生徒意未闌。
藜火相傳存國粹，鐸聲遙佈壯文瀾。
詩吟評比開先例，調創多元異一般。
踵接礪心桃李盛，年登九五慶騰歡。

右六左避

陳麗卿

發皇天籟振詩壇，接篆姚君志不殫。
業紹前賢重習古，力培後秀更披肝。
風騷一社傳薪火，文彩千秋縱覽觀。
日就月將臻至境，唱酬往復字應漫。

左七右八

陳麗華

天籟薪傳歷苦酸，百年吟社尚推韓。
孜孜絳帳情何極，汲汲青衿興未闌。
學習前賢游藝圃，栽培後秀陟詩壇。
斯人賴有扶持力，事業千秋不畏難。

右七

張民選

九五星霜興未寒，力傳薪火範詩壇。
追風不息文心動，匡俗何嘗袖手觀。
結社無奇真率性，昌詩有道斷狂瀾。
領旗代代高人出，天籟元音萬世彈。

左八

林長弘

創社先賢啓道端，登高傑士壯詩壇。
無私垂範清音調，入律揚徽大雅觀。
桃李傳燈皆得意，琴書福慧盡研歡。
春秋細論吟天籟，三千教育漢文瀾。

左九

姜金火

天籟元音悅耳端，吟風薰化似香檀。
傳承百載根枝旺，期望千秋世代歡。
詠唱詩詞情逸樂，聽聞聲律意舒寬。
鷗朋雅士咸恭頌，薪火綿延亮杏壇。

左十右十二

李玲玲

天籟繞樑非一般，薪傳九五譽詩壇。
創新汲古心無怠，唱玉聯珠興未闌。
卓爾不群松柏秀，飄然自在鷺鷗歡。
三千絳帳春風足，越俗橫秋拭目觀。

右十　周福南

吟旌高幟北台端，天籟薪傳九五寒。
浩氣長存垂宇內，珠璣滿目燦騷壇。
礪心缽韻懷先哲，大雅新聲攬舊歡。
煮酒論文期筆健，三千耀起萃衣冠。

右十一　李柏桐

松風古調勵詩壇，吟幟高飄矗稻灘。
筆振瀛洲追李杜，聲揚騷界賽蘇韓。
通今俊秀聯翩集，博古斯文把袂餐。
天籟弘音珍壽慶，薪傳雅韻立標竿。

註：九十五歲稱珍壽

左十二　吳秀真

天籟吟聲從未殘，醇儒風範譽騷壇。
前人創社師儀仰，後輩傳薪詩品端。
桃李一門源共繫，芬芳九世調同彈。
承先藜火燃無盡，著意春風拂錦團。

左十三　楊志堅

天籟薪傳雄社壇，礪心風雅啓麗端。
會賡詩獻三多頌，筵擁聲驣萬户歡。
日月光輝頻輾轉，江山錦繡壯瞻觀。
弘揚聖教期吾輩，共締同登百尺竿。

右十三　陳文識

乙未風霜澈骨寒，礪心創社作標竿。
詩書弼教伊周道，典範流芳李杜壇。
九五文章光日月，三千弟子闊波瀾。
相期共把凌雲筆，更上層樓寫壯觀。

右十四　陳碧霞

九五星霜感百端，聲名依舊立騷壇。
先賢儘有同行意，後輩猶追不畏難。
覓句能當揮史筆，成文奚可負忠肝。
吾儕繼起元音振，一脈相傳拭目觀。

右十五　康英琢

揮毫筆健立詩壇，天籟先賢設帳攢。
振鐸宣經宣道德，燃藜授業授文翰。
薪傳舊退功勳在，纂接新當責任寬。
偉大姚翁再興學，蒸蒸社運向前看。

次唱詩題：重陽菊，五絕，一東韻

左詞宗：葉世榮先生

右詞宗：洪淑珍女史

左元右十二　甄寶玉

重九登山徑，寒英浥露融。
憐伊清瘦骨，奮力戰西風。

右元左十二　楊志堅

孤芳孰與同，九日醉籬東。
吾有淵明癖，黃花眼自雄。

左眼右六　林瑞龍

九日東籬下，冷香秋色中。
因思彭澤令，晚節幾人同。

右眼左九　許欽南

蕊放重陽後，香傳曲徑中，
陶淵明最愛，玉骨傲秋風。

左花右八　莫月娥

秋光憑點綴，數蕊動吟衷。
滿插登高日，籬邊酒送中。

右花左十一　余美瑛

九日艷籬東，霜姿映古桐。
獨何陶令醉，真意冷香中。

左四右避
傲霜憐瘦影，九日艷籬東。
泛酒添詩興，雅追陶令風。
洪淑珍

右四
三徑多秋意，東籬菊滿叢。
黃花誰共賞，酒泛憶陶公。
陳麗華

左五
佳節秋光好，東籬艷醉翁。
孤芳何傲骨，玉蕊綻金風。
張秀枝

右五
只合高人賞，芳開十步中。
良辰逢九九，吟興竟誰同。
洪玉璋

左六右十四
重陽時日近，玉蕊艷籬東。
瘦骨冰霜傲，清芬不與同。
鄭美貴

左七
佳節登高處，花開小徑叢。
一枝凝傲骨，不問晚秋風。
詹培凱

右七
重九坐籬東，金風月色融。
斯文香徑菊，傲骨斗牛冲。
周福南

左八
重陽賞菊叢，玉蕊綻新紅。
雅士如迷蝶，癡情悅性中。
姜金火

右九左十　顏如玉

爭愛重陽菊，花開白間紅。
供吟陶令醉，千古許誰同。

右十左十五　康英琢

九日金英放，疎籬絢艷中。
三秋誇獨秀，釀酒馥盈沖。

右十一左避　葉世榮

九日開三徑，登高賞覽中。
心怡秋色艷，黃紫笑西風。

左十三　姚啓甲

九九黃英秀，疏籬浥露東。
傲霜名利遠，惜節古今同。

右十三左十四　李玲玲

節比三花秀，浮金伴晚楓。
偏憐陶處士，九日醉騷翁。

右十五　楊維仁

晚香凝玉露，瘦骨傲金風。
惆悵重陽日，幽懷孰與同。

天籟吟社乙未年冬季例會詩作集錦

二〇一五年十二月十三日於三千貿易教育中心
首唱詩題：秋豔，五律，十五刪韻
左詞宗：林　顏女史
右詞宗：張民選先生

左元右六　莫月娥

飛鷺雲霞映，斜陽麗景攀。
傍籬開虎爪，落帽話龍山。
幾字題紅葉，孤芳擁美顏。
鱸魚鄉味好，有客賦歸還。

右元左八　甄寶玉

策杖穿雲嶺，涼天半日閒。
霞光紅爛漫，羅帶碧潺湲。
金菊塵煙外，丹楓岱靄間。
恨無刀剪快，難取豔秋還。

左眼　顏如玉

萬里好江山，三秋錦繡般。
有楓皆赤色，無菊不金顏。
橘綠佳人賞，橙黃野老攀。
繽紛如畫景，遣興渾忘還。

右眼左十一　李玲玲

氣爽白雲閑，群鷗戲碧灣。
飄香風習習，對語鳥關關。
黃菊迷三徑，丹楓染半山。
豈容春獨豔，秋色更斑斕。

左花右十　楊維仁

莫嫌秋瑟瑟，猶有色斑斕。
白水蒼煙外，金風玉露間。
黃花迷野徑，紅葉醉郊山。
漫颭蘆花雪，繽紛滿宇寰。

右花左七　陳麗華

水清明白鷺，探勝樂忘還。
黃菊籬邊秀，青松竹外閒。
蓼花紅夕渚，楓葉豔秋山。
最是銷魂處，光輝紫翠間。

左四右七　黃言章

天高雲似雪，大塊染斑斕。
黃菊籬邊簇，丹楓嶺上環。
嵐光秋水碧，野色暮霞殷。
墨客詩泉湧，奚囊滿什還。

右四左避　林　顏

爽籟金風拂，天然圖畫般。
蘆花如白雪，楓葉似紅顏。
棲樹寒蟬嘒，書空旅雁還。
拋開塵世事，嘯詠水雲間。

左五右十四　洪玉璋

人愛三秋美，余偷半日閒。
鷺飛堪悅目，霞落足怡顏。
蔓草寒煙外，又陽紅蓼間。
宛如圖一幅，璀璨映台灣。

右五左六　張富鈞

霜濃秋更豔，風物未全刪。
雨洗翻紅葉，雲高聳碧山。
禽蟲聲感動，壟畝色斑斕。
還待冬來日，朱梅映雪間。

右八

翁惠甡

楓葉彩空山，紅黃顏色斕。
凝觀情自樂，遙想意長閒。
境美沈憂失，時宜壯志還。
喜懷秋興否，一念有無間。

左九右避

張民選

秋水天同色，青霄候雁還。
白雲悠騁野，黃葉艷披山。
生稼田園裏，炊煙澗谷間。
霜江紅日照，嬌似美人顏。

右九

姚啓甲

遠瞻如畫裡，彩葉點秋山。
蛩詠黃花瘦，農歡金稻彎。
全民皆睹勝，無處不開顏。
欲傍淵明雅，同吟幽菊閒。

左十

姜金火

金風凝玉露，景物轉斑斕。
菊豔芳籬苑，楓紅染岸山。
湖光霞彩燦，水影碧波潺。
曠野添秋色，舒懷樂自閒。

右十一左十五

陳碧霞

遠水連天碧，孤雲夕照間。
白蘋盈渚岸，紅葉滿郊山。
經典埋頭讀，詩詞信手攀。
穹蒼揮彩筆，絕景出塵寰。

左十二

洪淑珍

秋水湛涵碧，磯頭鷗自閒。
長空延颯爽，老圃放斑斕。
蓊鬱松如幄，繽紛楓醉顏。
風光饒意趣，縱目賞心嫻。

右十二　王會雲
風涼秋色豔，萬木轉斑斕。
菊苑黃花綻，溪邊綠水潺。
丹楓紅岸野，翠竹碧沙灣。
賞景怡然樂，浮生喜得閒。

左十三　鄭美貴
三徑金英燦，益增秋美顏。
蘆花翻白浪，楓葉染朱殷。
映日波光瀲，橫空雁影還。
北台饒景色，夕照大屯山。

右十三左十四　吳秀真
金風輕拂面，艷色綴秋顏。
競飾丹楓麗，爭妍黃菊環。
稻粱搖遍野，鷗鷺逐沙灣。
把酒懷和仲，豪情寄此間。

右十五　楊志堅
陲至東籬畔，寒英點綴間。
經霜金菊瘦，出岫白雲閒。
品茗吟懷爽，論文俗慮艱。
惟因新月色，來照鬢如斑。

次唱詩題：冬陽，七絕，十四寒韻
左詞宗：楊志堅先生
右詞宗：甄寶玉女史

左元右避　甄寶玉
玄帝何因步履跚，韶光照暖未天寒。
勸君惜取陽春日，冬嶺尋詩意自歡。

右元左眼　張富鈞
一晌陽春帶笑看，枝頭簷上漫成歡。
冬晴催得乾坤暖，誰與人間解歲寒。

右眼左九　張民選

日華高照去冬寒，天際雲歸眼界寬。
光入芸窗詩興發，人心溫暖樂吟安。

左花右十四　余美瑛

催短陽和躡眾巒，光搖葭月去初寒。
乾坤霽色今先奪，一入鯤瀛著意看。

右花　林　顏

金烏光照不知寒，梅放南枝儘可觀。
葭月三千開例會，豪吟遣興鷺鷗歡。

左四　陳文識

和風拂檻倚危欄，曲水潺潺繞翠巒。
小歲猶能迷醉眼，分陰藹藹出雲端。

右四　陳碧霞

紅旭高昇不再寒，風和日麗小兒歡。
庭中草地嘻翻滾，暖入幽窗仔細看。

左五右七　鄭美貴

天開麗日照峰巒，橘綠橙黃野色寬。
暖得南枝爭破萼，尋詩杖履樂盤桓。

右五左六　黃言章

未許陰霾久罩巒，雲收暉露日升竿。
嚴寒一掃如春暖，鬱緒終開撫瑟彈。

右六　楊維仁

昭融冬日出雲巒，萬縷晴暉破凜寒。
但願此心常暖照，莫教冷雨濕漫漫。

左七 洪淑珍

短景頻催卻未寒，千林不瘦葉含丹。
負暄簷下梅詩詠，暖意融融逸思寬。

左八 姚啓甲

野冷欣逢陽德看，山林轉暖鳥聲歡。
瀛台久壞蕭森地，望早春來可卜安。

右八左十四 姜金火

政府無能缺遠觀，養家創業百般難。
何時脱出冰霜日，唯盼冬陽暖苦寒。

右九左十一 陳麗華

病中愁作畏輕寒，欲寄詩情落筆難。
絕好冬陽真可愛，閒庭炙背覺心寬。

左十 周福南

山空洌日角聲寒，葭月紅梅嶺上彈。
野色迎輝千里碧，尋詩遣興共聯歡。

右十 翁惠貹

蕭蕭冷色入襟寒，難得陽光心覺寬。
世事風雲多變化，春冬流易雜悲歡。

右十一左十五 林瑞龍

萬里晴空視野寬，綿延起伏現重巒。
冬陽普照天容悦，鳴鳥枝頭雀躍歡。

左十二右十五 張秀枝

更長冰凍苦飛寒，雪霽登高曝背歡。
峻嶺光回幽谷綺，煎茶遣興早梅看。

右十二

林長弘

冬日橫窗暖解寒，心閑曝背氣康安。
小春最是晴陽好，煮茗吟詩更樂歡。

左十三

歐陽開代

乙未冬陽雲上歎，相爭紅綠卉全殤。
藍天八載寒蓬島，祈望冰融黎庶歡。

右十三

葉世榮

已昇溫暖日三竿，逼散嚴威冷氣團。
譬似趙衰真可愛，老人曝背更欣歡。

天籟吟社丙申年春季例會詩作集錦

二〇一六年三月十三日於三千貿易教育中心
首唱詩題：蓬島迎春，七律，一先韻
左詞宗：鄭美貴女史
右詞宗：甄寶玉女史

左元右四　林　顏

東皇駕駐兆豐年，鯤島熙和景象妍。
柳岸黃鶯歌恰恰，桃蹊紫蝶舞翩翩。
財經蓬勃民生裕，政教清明國運綿。
但願新君隆郅治，安居樂業自由天。

右元左十五　陳文識

風霜雨雪傷農牧，地動樓摧性命捐。
幸見珠芽開木末，復聽乳燕叫簷前。
悲情捨棄培元氣，壯志宏張待瑞年。
海國同聲歌鼓吹，桃符爆竹樂園田。

左眼右十　洪淑珍

乾坤復旦迓猴年，遍送東風綠大千。
放眼著枝梅點點，怡心壓水柳娟娟。
林園欣聽嬌鶯囀，鳳曆喜翻春酒延。
蓬島韶光無限好，可期泰運展當前。

右眼左九　林長弘

鯤瀛春至頌豐年，綠蕩芳時媚景妍。
爛熳夭桃紅映日，婿嬈新柳碧含煙。
繁榮經濟情尤切，富裕民生意更堅。
施政有為和運啓，韶光一樣勝從前。

左花　康英琢

春臨寶島滿晴天，迓得東君喜又虔。
政務開新安可待，財經展壯必周全。
鶯聲宛轉吟情勃，燕語呢喃雅興牽。
國運昌隆呈瑞靄，江山重振福綿延。

右花左六　林瑞龍

萬物昭蘇紫氣先，蓬瀛瑞兆慶堯天。
枝頭鵲鬧傳佳訊，窗外梅開迎喜年。
不盡河山方碧綠，無邊花木正鮮妍。
丙申國運隨春轉，眾頌卿雲樂歲綿。

註：〈尚書大傳〉卿雲歌：「卿雲爛兮，糺縵縵兮。日月光華，旦復旦兮」。乃稱頌清明政治之意。

左四右避　甄寶玉

蓬萊飛雪立春前，難得晶瑩燦九天。
破臘寒梅初報訊，抽芽芳草暗浮煙。
鶯啼恰恰深山靜，鴨戲悠悠淺水漣。
新綠嫣紅明錦繡，冰消回暖迓新年。

左五右五　黃言章

乙未蜩螗終告蠲，丙申祥瑞滿臺員。
韶光明媚生機勃，福地蘇醒淑氣綿。
國事更交期吉兆，鴻鈞輪轉待新弦。
迎春黎庶何殷盼，民富邦安大有年。

右六左避　鄭美貴

寶島陽回萬象妍，椒盤餞歲迓新年。
韶光明媚河山麗，淑氣氤氳草木鮮。
潤澤耕耘歌大有，復甦經濟燦中天。
瞻望秉軸春風暖，國泰民安頌雅篇。

左七右九　蔡久義

鴻鈞氣轉喜連天，律呂調和歲次遷。
萬户桃符迎吉兆，千門詩句爽吟箋。
陽明櫻燦人車塞，蓬島鶯啼錦繡妍。
接福招禧經濟富，欣瞻新政報佳篇。

右七左十一　姜金火

寶島迎春蝶舞先，櫻梅齊綻傲霜妍。
山林活氣青蔥景，田野生機翠綠鮮。
鳥語千祥風雨順，花舒百吉歲時全。
東皇錫福民安樂，國運興隆萬事圓。

左八右八　周福南

洪鈞氣轉喜春妍，蓬島花燈燦爛天。
萬户桃符祈國運，一樽柏酒會群賢。
玉山霽雪昌文甲，東海迎曦播福田。
北闕承恩重見日，金猴獻瑞兆豐年。

註：承恩門為台北北門

左十　吳莊河

臘盡申來待過年，火猴金虎震坤乾。
高樓直倒樓樓壓，空桶橫排桶桶填。
維冠欺心無德性，災民翳眼實堪憐。
全台好漢齊相救，蓬島迎春淒苦篇。

右十一　姚啓甲

春駕瀛台彩碧天，東風拂面詠詩篇。
花嬌氣暖鶯啼鬧，草嫩煙深蝶舞妍。
翠掩山川生綠境，仁行社稷有堯年。
丙申蓬島迎昌歲，大雅韶音更蔚然。

左十二右十三　莫月娥

屠蘇酒美樂新年，兒女頻誇壓歲錢。
射虎元宵酬雨後，有獅佳節舞庭前。
桃符乍換春留住，柳色將均貌自妍。
好是今朝開眼界，東風嫋嫋倚奇緣。

右十二

王會雲

寶島迎春古禮沿，人神慶典表心虔。
蜂炮喜氣轟穿耳，燈會歡聲響震天。
百姓安居悠歲月，工商發達好猴年。
風調雨順豐收兆，國富昇平福祿全。

左十三

余美瑛

蓬島眾星依北斗，騎麟乘鳳舉能賢。
昔遭衰世藏冥晦，今喜安邦綴美妍。
凱達行衢新麗日，承恩門闕艷陽天。
經心飛雪千杯宴，瑞兆迎春接有年。

左十四

陳碧霞

瀛洲再起見堯天，時代靈猴負一肩。
扭轉乾坤期願景，深耕福慧兆豐年。
嶄新志士藏人後，燦爛祥雲現眼前。
改變成真東帝駕，欣迎淑氣洗心田。

右十四

翁惠貹

春回蓬島迓猴年，萬象更新景物妍。
草木欣欣添意境，山川歷歷燦心田。
喜來品酒陪親友，興勃傾觴學謫仙。
賀歲人生能幾度，何妨行樂及當天。

右十五

鄞　強

蓬萊寶島古今傳，有道人生福德綿。
乙未將除迎旭日，丙申恭迓慶華年。
居安逸樂繁經濟，穩定賡歌著早鞭。
燦爛銀花稱第一，臺灣燈會耀鈞天。

次唱詩題：春寒，七絕，一東韻

左詞宗：甄寶玉女史

右詞宗：張富鈞先生

左元右避

張富鈞

百花猶未識東風，料峭京華色尚濛。
獨有山櫻無懼態，一枝紅綻雨煙中。

右元

許澤耀

凜冽嚴冬雨雪隆，陽和日暖八重紅。
愁陰杳雜何時了，吹作東風瑞氣融。

左眼右眼

林　顏

春寒料峭襲瀛東，雨重烟沉雪未融。
願乞青皇頻送暖，莫教凍損綠芳叢。

左花右九

林長弘

春光料峭送寒風，凍鎖桃腮柳眼濛。
何日黃鶯啼紫陌，陽和解冷放花紅。

右花左十四

李柏桐

殘霜薄霧綠芽蔥，鵲鳥幽鳴肅樹蟲。
料峭未妨桃李發，芳華猶看舞春風。

左四右十一

姜金火

青帝雖臨雪未融，花遲鶯倦蝶慵叢。
陽和日暖何時到，且讓櫻梅盡綻紅。

右四

顏如玉

興來冒冷出郊東，玩遍春城逐曉風。
乍見山川多秀色，新詩裁滿入吟筒。

左五右八

姚啓甲

新枝初引滯寒風，岸冷鶯啼韻未洪。
怎奈花神猶避凍，虔祈早暖燦千紅。

右五

陳麗華

梨花帶雨草抽茸，煙柳搖情望眼中。
不怕尋詩寒料峭，騷人載筆興無窮。

左六

余美瑛

漠漠輕陰料峭風，添寒動竹碧紗籠。
無情春雨還飛雪，滿逐千山下素空。

右六

張秀枝

丙申新柳嫩搖風，凜冽寒流卻屢籠。
韶景匆匆花易逝，著裘拾翠賞紅叢。

左七

詹培凱

曙光漸出遍春風，萬物清醒料峭中。
路過行人輕抖擻，無心駐足看花紅。

右七左避

甄寶玉

天寒料峭雨迷濛，蜂蝶多愁怨冷風。
只怪芳菲無半影，青松獨秀映長空。

左八

康英琢

春陰漠漠壓蒼穹，雪片沾衣凜冽沖。
路上行人肩並聳，梅花耐冷最堪崇。

左九右十四

黃言章

料峭春寒兼細濛，東皇乏勁薦晴烘。
連旬無日風催冷，引頸陽暄滿昊空。

左十右十五

楊志堅

寒流殘歲襲瀛東，春嶺霜威絕塞鴻。
安得陽光常普照，蒼生解凍上恩隆。

右十　李玲玲

今春乍暖又寒中，暗鎖冷凝煙雨濛。
柳困花遲鶯不語，長望淑景醉東風。

左十一　陳文識

瑩屏喜報雪初融，不意霜風撲面攻。
瑟縮窗前觀葉落，呼兒煮酒學雕蟲。

左十二　蔡久義

春回大地雨濛濛，陣陣寒煙透骨中。
冷熱同來朝午夜，身軀難受病魔攻。

右十二左十三　周福南

愁陰凍雨鎖蒼穹，黑帝餘威感寸衷。
瘦蕊枝頭春有腳，煦和送暖碧玲瓏。

右十三　吳秀真

瘦蕊枝頭懶綻紅，仍聞黑帝鼓旗雄。
安得春陽能普照，蝶蜂飛舞樂東風。

左十五　洪玉璋

玉山雪降未全融，始料餘寒不久中。
宿雨方收日初出，群黎最喜沐春風。

天籟吟社丙申年夏季例會詩作集錦

二〇一六年六月十二日於三千貿易教育中心
首唱詩題：農忙，五律，二蕭韻
左詞宗：姜金火先生
右詞宗：陳麗華女史

左元右四 鄭美貴

戴笠田園裡，耕農重擔挑。
犁拖翻土壤，水潤插秧苗。
北畝高粱熟，西疇大豆饒。
豐收糧食足，鼓腹樂逍遙。

右元左八 甄寶玉

西疇春播種，低首插秧苗。
晨出殘星伴，晴開烈日驕。
一肩鋤影重，十里月光遙。
穡事無閒暇，秋收望富饒。

左眼 陳文識

雞鳴引雀囂，耕稼好晴朝。
往復芟蒿草，來回播稻苗。
殷勤兼味具，隱約五香撩。
浴罷塵泥淨，清風濁酒澆。

右眼 張民選

迭歲耕原上，勞生力產銷。
西疇防鼠雀，南圃採蔬蕉。
雨下衣衫濕，空中日火燒。
遭逢時序亂，鼓腹望風調。

左花

細雨輕雷後，和風動土朝。
攬牛迎曉破，荷鍤送霞消。
播種勞酸腳，分秧累折腰。
農家勤稼穡，但冀穀倉饒。

黃言章

右花左五

耕耘千畝綠，春水潤禾苗。
北陌扶犁急，西疇負耒遙。
荷鋤追月腳，叱犢過雲橋。
穡事期豐碩，秧歌遍野飄。

林長弘

左四

日日耘田壟，年年望富饒。
插秧齊百畝，祈雨潤千苗。
稼苦誰人識，心勤倦自消。
趁晴忙穡事，歲稔慰耕樵。

李玲玲

右五左九

叱犢晨興疾，長天笠影搖。
灌園秧茁壯，刈草土肥饒。
南畝開花塢，東皐植豆苗。
力勤占大有，揮汗事朝朝。

洪淑珍

左六

春雨播禾苗，荷鋤趁早朝。
西疇牽犢曳，南畝執犁搖。
瑞穗香姿逸，金瓜美味超。
農家欣廩滿，共酌樂逍遙。

周福南

右六

槐蔭鳴蜩裡，坐看稻浪搖。
薰風吹大地，暑氣促靈苗。
稼穡歡方到，收成喜正饒。
豐年倉廩滿，棚下一詩瓢。

許澤耀

左七

我本農家子，田園事冗饒。
栽花兼種竹，刈筍又培蕉。
紅稻場場晒，金柑擔擔挑。
豳詩豐歲詠，歡慶奏笙簫。

洪玉璋

右七

雖然忙稼穡，喜遍稻香飄。
克苦償心願，豐收獲目標。
助農天氣順，沃壤雨風調。
切實勤勞益，投機笑揠苗。

葉世榮

右八

殷勤除雜草，屈曲守幽寥。
園果其因熟，田禾曷可饒。
渠中無絕水，陌上有叢蕉。
千點鸕鷀下，方知轉斗杓。

余美瑛

右九

田家忙有序，四季自然調。
春夏耕耘順，秋冬收貯饒。
天時生穀物，地利育秧苗。
並列稱參贊，農人功德超。

林瑞龍

左十右十四

荷鋤耕稼去，野老晝連宵。
播種鬆膏土，施肥茁幼苗。
北郊黃穗拂，南畝紫莖搖。
預卜豐年兆，豳風倩筆描。

林　顏

右十左十一

耕種健身腰，農欣氣候調。
鋤雲勤稼穡，犁雨樂逍遙。
主婦呈餱飯，丁男播菜苗。
年豐安四季，糧食慶充饒。

鄞　強

右十一　姚啓甲

不畏寒飢熱，曉鋤霞色挑。
罔知終日累，但願四時調。
凶歲憂生計，力田求物饒。
三餘窮萬卷，墟里共聞韶。

左十二　吳秀真

春至年之計，子規啼夕朝。
荷鋤忙隴畝，戴笠播秧苗。
精緻農耕壯，苦辛收穫饒。
轉型勤稼穡，再創一高潮。

右十二　翁惠貺

長時農作役，何日換金貂。
挑水澆蔬葉，除蟲護稻苗。
凝眸當暮盼，屈指隔年遙。
汗滴單衫濕，忙忙一飯燒。

左十三　康英琢

田家勤稼穡，夏日急狂飆。
早戴晨星出，遲歸月影搖。
農機聲起落，叱犢力高超。
廩廩倉盈滿，同聞擊壤謠。

右十三　張秀枝

朱明時物長，清曉偶相招。
引水西疇急，施肥南畝饒。
燒空烘汗滴，陣雨緩心焦。
舉目田瓜熟，千籮樂運挑。

左十四　歐陽開代

一生忙穀事，四季動朝宵。
早稻東風植，炎田南水澆。
秋寮防盜賊，冬庫積金條。
機器分人力，今農古者超。

左十五 李柏桐

今春大雨澆，農月苦寒潮。
圳水沖泥岸，朝霜凍露苗。
晨昏忙穡作，日夜惱蟲囂。
果穗逢時結，騰歡上碧霄。

右十五 陳碧霞

春耕秋穫易，昔日穡夫凋。
生技迎榮景，務農掀熱潮。
糧心千手荷，學子一肩挑。
但見淋漓汗，暗紅膚色驕。

次唱詩題：咖啡，五絕，一東韻
左詞宗：許澤耀先生
右詞宗：張富鈞先生

左元右元 楊維仁

妙諦涵濡後，醇情晦澀中。
休嫌甘苦半，世味亦如同。

左眼右眼 陳麗華

縷縷清香好，瓊漿風味崇。
一杯含妙理，盡在不言中。

左花右五 余美瑛

原汁墨般同，茶香拜下風。
甘醇猶帶苦，情在此壺中。

右花 吳秀真

品類千般盛，香醇倚焙烘。
入喉先苦啖，後韻自甘雄。

左四右六

甄寶玉

苦澀殊香氣，今人喜逐風。
濃情能醉客，淺啜味無窮。

右四

吳莊河

媚洋吾不慣，獨愛一杯沖。
拿鐵舒喉舌，餘香感韻通。

左五

姜金火

香馥與茶同，咖啡解鬱功。
清神添悅性，品飲樂融融。

左六右八

陳文識

細火慢研沖，精華玉液融。
臨窗相對飲，羨煞老仙翁。

左七

林　顏

咖啡誇極品，馥郁滿杯中。
冰熱隨君意，談心樂趣融。

右七

李玲玲

渴飲染西風，能驅我睡蟲。
提神香口齒，甘苦兩交融。

左八

李柏桐

香氣漫虛空，垂涎遠近翁。
甘苦留清醒，夜更贊詩功。

左九右十二

洪淑珍

濃馥浮空際，甘醇出苦中。
一杯神倦卻，詩思轉明通。

右九左十三　林長弘

褐黑真珠果，名傳世競沖。
香飄千里遠，醒腦潤喉功。

左十　葉世榮

咖啡稱最好，幾勝飲茶風。
優劣需分悉，提神醒腦功。

右十　姚啓甲

陸羽深知茗，茲湯卻異同。
西人稱可口，飲罷腦開通。

左十一　鄞　強

天籟共揚風，咖啡愛好同。
三千推特品，滋潤味和融。

右十一左十二　翁惠甡

色黑卻香雄，咖啡立異功。
續杯添逸興，談笑樂無窮。

右十三　顏如玉

咖啡拿當酒，醒腦趣無窮。
恣意詩潮湧，欣教句更功。

左十四　蔡久義

南美耕奇豆，三千慢火烘。
研磨生粉末，苦味醒心瞳。

右十四左避　許澤耀

西風東渡郁，老少逐香隆。
不覺連酣飲，燈殘聽曉風。

左十五

康英琢

咖啡勤種植，粒粒現嬌紅。
寶鼎衡溫焙，香飄四海沖。

右十五

歐陽開代

咖啡非古風，憾見現今崇。
品賞加糖毒，何如茶健翁。

天籟吟社丙申年秋季例會詩作集錦

二〇一六年九月十一日於陽明山中國麗緻飯店
首唱詩題：感懷，七律，三肴韻
左詞宗：林瑞龍先生
右詞宗：林　顏女史

左元右九　楊維仁

詞華萎頓鎖眉梢，自笑才疏作解嘲。
偶動幽懷裁錦繡，時來俗務礙推敲。
三更夢斷偏難續，十載情牽豈忍拋。
欲把詩心重砥礪，莫教淪沒等漚泡。

右元　陳碧霞

粗茶淡飯勝珍饈，邁入遐齡自解嘲。
願乞真心肝膽照，不求假意計謀包。
人生歷練千鈞重，世事滄桑百感交。
暮色餘輝霞彩炫，榮華富貴總須拋。

左眼右十一　陳麗華

老大羞言學斬蛟，情懷欲寫費推敲。
菲才自愧無新韻，多病誰能有舊交。
望月思人愁易起，賞花載酒興難拋。
要將方寸淋漓意，吟到山坳复水坳。

右眼左避　林瑞龍

年越古稀迂腐嘲，沸羹時局憤憂交。
一中各表施魚笱，兩制同存網雀巢。
素志未酬終不棄，丹心仍在永無拋。
淒淒風雨雞鳴晦，須戒翻江對岸蛟。

左花　陳麗卿

娑婆末世感紛淆，隨處隨緣我執拋。
謁寺聆經醒蝶夢，伏貪斷惑勸朋交。
清修福慧迷途返，默運慈悲妙諦敲。
忍辱柔和無罣礙，悟知萬象道全包。

右花左四　李玲玲

翩翩飛鳥自歸巢，斂翮和聲鳴桂梢。
良友遠征何日會？美醪獨撫是誰教？
倚樓極目望魚雁，憶舊知心賽漆膠。
念子彌襟願無獲，停雲落月豈輕拋。

右四　張民選

炎陽炙熱畏離巢，好是無聊妙句敲。
白水三杯堪上品，青蔬一碗即豐餚。
心情耐苦由來慣，天道酬勤引退拋。
甲子如梭多感慨，托思洗慮筆端交。

左五右六　甄寶玉

似箭光陰一瞬交，浮雲名利早輕拋。
閒看林苑枝枝艷，漫聽山禽處處嘲。
寒舍眠遲添茗伴，孤燈味永任詩敲。
桑榆安享簞瓢樂，拂面清風月上梢。

右五左十四　翁惠貹

昔日輕狂欲斬蛟，今時老朽喜遊郊。
徐行不與人爭道，漫步欣看花綻苞。
曉得閒情能自得，何嘲俗事惹相嘲。
人生似幻終歸盡，釣譽沽名已一拋。

左六右十三　張秀枝

晴空藍淨碧塘坳，暑斂涼生季節交。
隴畝金風波浪動，林泉綠野鬱愁拋。
如雲富貴乾坤轉，無德榮華世代嘲。
滾滾紅塵何執著，感恩惜福把詩敲。

左七右避　林　顏
英仁逐鹿得前茅，整肅朝綱志莫拋。
重罰奸商違法紀，嚴懲污吏賄金鈔。
國防鞏固歪風弭，政院清流善策敲。
應效舜堯臻郅治，振興經濟拓邦交。

右七　洪淑珍
一過花甲畏紛淆，愚鈍平生常自嘲。
幸不勞勞名利役，方能款款鷺鷗交。
世情明識安迷道，人事更移似幻泡。
珍惜年光身有限，芸窗閒寄七言敲。

左八　陳文識
早歲投身司振鐸，青衫破履走山坳。
朝迎學子聲聲喚，暮課童蒙句句敲。
不羨加官居廣廈，但求告老住榛巢。
飄風驟發椽樑坼，忍見綱維雨裡拋。

右八左九　林長弘
感時逐老歲華交，自是紅塵幻夢淆。
白髮徒增猶有笑，青春漸逝已忘嘲。
深知失意心還痛，誰解豪情志未拋。
重拾經書怡翰墨，宏開雅興把詩敲。

左十　葉世榮
蜩螗嘈雜惹人嘲，莫枉花錢拼外交。
自作國艱爭鬥起，合揚王道是非拋。
官商戮力謀邦富，政黨融和盼漆膠。
煮豆燃萁遺憾事，不該仇視本同胞。

右十　吳宜鴻
如夢塵緣空自嘲，每云俗事未全拋。
欲將繫念傳三界，執就修禪得一梢。
不問佛天真境界，忙添功德假推敲。
吾心照見何須眾，閉目長思證六爻。

左十一右十四

許澤耀

卅載工場筆墨拋，一生懸命逐錢鈔。
春風際會黌宮入，化雨因緣學子教。
高唱弦歌成韻律，清吟詩賦定推敲。
感時攬鏡南柯夢，不敢攀登太古巢。

左十二右十二

詹培凱

窮通物理待推敲，病事聊為夢裡拋。
曲徑獨行尋彩筆，樸心常抱向晴郊。
縈迴總仰清高氣，輾轉時思往昔交。
縱使飛騰親日月，應知江海有潛蛟。

左十三

周福南

圓山古剎曉鐘敲，散策迂迴上嶺坳。
昔日劍潭猶有跡，祇今太古已無巢。
紅樓新貴芝蘭契，金殿王孫歌扇拋。
晚節馨香身矍鑠，此生清福勝珍餚。

左十五

黃言章

螢屏開啓忍咆哮，世事蜩螗悲憤交。
酒駕釀災人命毀，恐攻引爆死傷拋。
黨輪清產危機伏，詐騙成團歹術教。
寶島令譽污漬染，謙卑低氣莫相嘲。

右十五

吳秀真

團圓佳節恨難拋，蕭瑟秋風徹夜敲。
香桂飄迎徒飲淚，鵑城羈旅早為巢。
高寒玉宇無情種，黯淡清輝有意嘲。
萬縷相思何處寄，弦歌一曲到南郊。

天籟吟社丙申年冬季例會詩作集錦

二〇一六年十二月十一日於三千貿易教育中心
首唱詩題：憶，五律，四豪韻
左詞宗：洪淑珍女史
右詞宗：楊維仁先生

左元右花　張民選

萍聚成功嶺，因緣著戰袍。
床前談志業，樹下話風騷。
義重頻扶弱，情真每代勞。
分兵知己散，迴憶嘆霜毛。

右元左六　憶荔園　甄寶玉

面海園林廣，悠悠白鷺翱。
珍禽奇卉盛，戲院酒樓高。
色褪隨年月，形消逐浪濤。
兒時遊樂處，憶寫入風騷。

註：荔園，昔日香港著名遊樂場。

左眼右避　楊維仁

黌門初執教，意氣與雲高。
資淺情無怯，煩深志未撓。
晨曦陪奮勉，暝色掩劬勞。
舊事重回首，怡然足自豪。

右眼　憶故人　陳麗華

別來人寂寞，坐憶夢魂勞。
愧我詩情懶，知君酒興豪。
曾陪看竹石，相對聽松濤。
記否同遊處，依然滿碧桃。

左花　　洪玉璋

憶著台灣史，江山禍屢遭。
不甘荷鬼辱，豈許日魔逃。
復土欽賢士，興邦仗俊豪。
紅潮猶未息，慎莫枕眠高。

左四　　林瑞龍

往事塵封久，撫傷煎且熬。
雙親離我去，孤雁失群號。
空嘆悲風樹，難禁痛杖刀。
蓼莪篇每讀，哀怙恃劬勞。

右四左五　　姜金火

少小居家苦，離鄉志氣豪。
奔波懷指望，踏月解心勞。
知命情安逸，樂天身自陶。
如今鬚鬢白，憶往似江濤。

右五左九　憶張國裕老師　　林　顏

師生緣孔廟，夫子品堪褒。
澤潤菁莪蔚，薪傳典籍勞。
北辰營貿易，天籟振風騷。
雖杳精神在，長懷正氣豪。

註：北辰是國裕老師的貿易公司

右六　　翁惠貹

憶昔學蕭曹，凌雲意氣高。
淋漓吟雅調，慷慨醉香醪。
豈料蒼髯長，誰憐白髮搔。
淵明成我範，澹泊脫心牢。

左七右九　　余美瑛

鶴髮朱顏貌，薪傳志節高。
北辰通貿易，絳帳振風騷。
鷗友多橫錦，聯吟屢奪袍。
憶思天籟子，豈可不鵬翺。

右七左十三　陳文識

曲水幽篁綠，閑雲自笑敖。
烹茶榕蔭久，講古月輪高。
倏忽烽煙起，倉皇老幼逃。
哀哀田舍毀，夜夜夢呼號。

註：家鄉為一幽靜淳樸山村，一九四五年毀於戰火，倉皇奔逃，幸免於難。今雖重建，但景物已非，每一思及，常久久不能自已。

左八　林長弘

迴繞君顏影，更深夢淚滔。
襟懷千日好，酒與四時高。
太白詩吟醉，淵明菊隱陶。
緬思多少事，回首覺心嗸。

右八　葉世榮

天籟鴻圖展，追懷洛社豪。
詩腸非鐵石，藻思湧波濤。
景仰先師範，難忘格調高。
薪傳欣永在，奕世振風騷。

左十　李柏桐

最憶童年樂，家親日唱陶。
浮雲裁百獸，沙岸逐雙螯。
暮眺蠵龜淡，朝聞白鷺騷。
心頭時浸慰，緒寄舊情翱。

右十左十四　鄭　強

礪心齋述聖，孔教育吾曹。
扢雅無思苦，揚風不憚勞。
世榮書法邁，國裕性情豪。
天籟鏗吟調，追懷眾讚褒。

左十一右十五　吳宜鴻

海潮爭浪高，風雨見雄豪。
偶過他鄉月，重來異客騷。
感今歌壯曲，對此競文韜。
赤子心常在，飄搖念爾曹。

右十一　吳秀真

遽爾鳴雷電，松蘿巨難遭。
菟絲依附失，心力俗塵勞。
椿樹伸援手，萱花慰灼熬。
幾多心底事，憶及總悲號！

左十二　黃仲平

謳歌頗自豪，歲月捲奔濤。
少壯依知己，功名寄楚騷。
高年扶竹杖，遠宦宿林皋。
久逝回車轍，寒煙伴野蒿。

右十二左十五　鄭美貴

受業春風沐，昌詩啓我曹。
鱣堂揚國粹，壇坫仰才豪。
天籟文星殞，淡江鷗鳥號。
音容猶在世，緬憶德功高。

右十三　康英琢

憶起田家事，耕鋤不畏勞。
桑麻須採割，麥稻必勤挑。
早出晨星滿，遲歸月影高。
千疇倉廩富，擊壤樂陶陶。

右十四左避　洪淑珍

一別鴻音斷，思潮若湧濤。
飛車追夕景，戲鴨引蘭篙。
道契情何厚，杯傾興倍豪。
疏狂渾似昨，每憶總陶陶。

次唱詩題：寒冬，七絕，十一尤韻

左詞宗：文幸福先生

右詞宗：楊維仁先生

左元右元　葉世榮

朔風陣陣送寒流，貧苦人家是隱憂。
送炭善心何處有，誰憐范叔贈溫裘。

左眼右避　楊維仁

朔風凜冽黯雲稠，冷遍山郊與海陬。
要為人間存暖意，莫教衰瀏顫心頭。

右眼左九　林瑞龍

北風侵幔夜窗幽，細雨稀疏漸次收。
霜月應知人未寐，徘徊留戀小南樓。

左花右五　吳身權

爐火書燈客夢悠，朔風零雨未央愁。
異鄉殘歲初寒夜，對酒同誰可勸酬。

右花　洪淑珍

瘦盡千林冷氣流，人來人往擁輕裘。
未知街角幾孤老，正盼善心紓苦愁。

左四右七　張富鈞

霜風細雨遍台州，冬夜蕭蕭冷未休。
天若有情應識得，不朝塵世送寒流。

右四　吳莊河

嚴冬冷氣逼窗樓，溫酒爐邊滲入喉。
萬瓦凝霜天地凍，誰憐街友解寒憂。

左五　蔡佳玲
蒼蒼林薄悲風振，落葉無邊散落愁。
若問冰心何處覓，老梅月下覆平疇。

左六　周福南
草枯霜重朔風颼，短景寒宵百業愁。
朝野紛爭尋善策，春回雪霽見丹丘。

右六左十五　陳麗華
嚴霜凍地好傾甌，不管號風氣象侔。
立雪吟哦身抖擻，尋詩呵筆戰寒流。

左七　陳文識
黃沙滾滾掩平疇，白鷺依依野荻洲。
一樹茫然人影瘦，何時暖日送新裘。

左八　鄭美貴
北風凜凜逐城樓，不懼霜寒萃鷺鷗。
天籟元音傳逸響，逢冬例會壯千秋。

右八　翁惠貹
北風蕭瑟室中囚，手捧酒樽身暖求。
未老已沾零落味，昔時韻事影空留。

右九左十　姚啓甲
凜冽冬寒貧苦憂，饑餐短褐待營求。
請君行善斯時動，造福鄉鄰積德修。

右十左十三　張民選
霜嚴四野凍雲浮，挾雨淒風未了休。
世上苦寒誰送炭，蕭條經濟冷添愁。

右十一　詹培凱

冬風凜冽未曾休，葉落生機總是愁。
寂寞空庭一枝冷，還迎日月向天悠。

左十二　黃仲平

歲末天寒著布裘，飄風細雨惹人愁。
童年好友關懷至，敘舊歡言苦惱收。

右十二左十一　鄞　強

嶺雪光搖上翠樓，梅窗月亮暗香浮。
丙申年末迎冬至，最合消寒契雅儔。

右十三　姜金火

財經不振庶商憂，施政無能百姓愁。
莫讓寒冬傷寶島，殷期暖日使民悠。

左十四　林　顏

霜風凜冽襲瀛洲，經濟蕭條百姓憂。
朝野和諧推善策，繁榮產業解寒流。

右十四　李玲玲

勁氣厲風殘水流，寒光疏影映重樓。
復看世亂心凝冷，溫酒一杯千慮休。

右十五　吳宜鴻

窗間松柏競凡儔，天有霜風入小樓。
雪夜客來懷舊事，溫茶緊把故人留。

天籟吟社丁酉年春季例會詩作集錦

二〇一七年三月十二日於三千貿易教育中心
首唱詩題：茶道，七律，五歌韻
左詞宗：陳文華先生
右詞宗：甄寶玉女史

左元　楊維仁

循規依序氣平和，瀹茗原須費琢磨。
文火徐徐烹活水，微煙淡淡漾柔波。
陸盧以後餘馨遠，齒頰之間回味多。
君子品茶誠有道，一甌在握細摩挲。

註：陸盧，指陸羽、盧仝。

右元　蔡佳玲

注壺湯沸起旋渦，清潤茶芽韻致和。
苦口藏春消俗慮，甘心得句放輕歌。
分將禪味薦佳客，暗遣茗香驅睡魔。
閑坐忘機誰與伴？小鐺盡夜共吟哦。

左眼　姜金火

茶道精深源遠多，傳承陸羽細科羅。
聞端賞香飄逸，烘焙沖泡味協和。
品茗怡神清苦惱，參禪養性坐婆娑。
捧甌啜飲親朋樂，恬澹安閒齊詠歌。

註：黃庭經心部章第十：「金鈴朱帶坐婆娑」。朱帶，血脈也。坐婆娑，言安坐定氣，神之靜也。

右眼左九　　林志賢

人生雅事值蹉跎，名利隨緣莫太苛。
文火爐中烹白水，紫砂壺裡漾金波。
斟杯欲飲香先溢，看世難平性可磨。
未必客來方有興，閒時獨品味如何。

左花右四　　陳麗華

新芽採摘樂如何，共煮山泉飲太和。
石鼎烹雲香滿室，爐煙破睡鳥吟柯。
奉茶執禮時風古，對榻敲詩雅道多。
雜念都隨禪味遠，還將逸趣一賡歌。

右花左四　　吳身權

擾攘紅塵俗慮多，烹茶養道靜心和。
泥爐乍沸雲煙繞，茗葉新烘韻味羅。
浥得雷芽溶白水，盛來玉盞泛金波。
溫香啜罷清風起，猶帶餘甘對月哦。

左五右十三　　陳碧霞

怡情養性盡包羅，解渴閒聊喜若何。
絕壑叢生誠守靜，名巖芽茁總謙和。
一甌淡啜清香溢，七碗深嘗逸興多。
品茗回甘知苦後，禪茶一味不為過。

右五　　李柏桐

清涼茗室一香娑，滾沸茶湯萬象羅。
自啜煩心隨澹靜，同嚐快意染咍呵。
青紅韻別回甘趣，春夏芳分感氣多。
欲近菩提無雜念，謙卑樸實敬調和。

左六右十　　黃言章

品嚐美味禮儀多，茶道權輿陸羽歌。
活火清泉求講究，磁壺玉碗揀嚴苛。
開懷喫茗騷朋敬，促膝談心主客和。
苦後甘來通體暢，忘情世事且吟哦。

六左七

吳秀真

源自唐朝旨在和，修身養性化干戈。
三篇陸羽精心著，七碗盧仝逸興歌。
細品苦甘如世味，淺嚐冷暖逐塵波。
茶能雅志能行道，禪意其中徹悟多！

右七

陳文識

雪色甌心巧啄磨，良時采焙吐芳多。
瓢瓢活水千峰挹，葉葉清香百體過。
舌底鳴泉參道法，杯中濺沫詠禪歌。
襟懷爾雅琴聲緲，物我圓通坐太和。

左八

鄭美貴

寶島龍團譽不訛，朋來品茗樂吟哦。
經傳陸羽烹茶藝，杯效盧仝當酒歌。
止渴生津肌骨爽，提神醒腦肺肝和。
壺中雪浪香雲起，兩腋清風快若何。

右八左十

翁惠甡

沏賞聞嚐雅趣多，鍾情啜茗復如何。
從初名士千金視，自古騷人七碗哦。
陸羽著經留妙理，盧仝走筆去煩苛。
凡夫若解茶之道，氣爽心清萬事和。

九左十四

周福南

龍芽綠綴滿山坡，海國新春淑氣多。
品茗論禪修正道，清神解渴滌心窩。
盧仝七碗千秋仰，陸羽三篇萬世歌。
兩腋風生留韻事，騷壇雅士樂吟哦。

左十一

李玲玲

怡情啜茗笑呵呵，解渴潤喉焉厭多？
綠乳能教無俗氣，流霞不敵一茶陀。
通玄淨骨天心合，破悶搜腸詩思羅。
盡去虛華崇故雅，敬和清寂意如何？

註：日本學者把茶道的基本精神歸納為「和敬清寂」稱為茶道的四諦

右十一

葉世榮

日人茶道與和歌，文創馳名感慨何。
兩腋生風真痛快，滿甌泛綠細研磨。
從來不棄三經著，解渴非嫌七碗多。
品茗論詩同嗜好，欣參雅會一生過。

左十二右十二名

康英琢

邀朋品茗速張羅，遠汲甘泉越嶺坡。
好水烹煎紓口渴，瓊漿啜試敞心窩。
茶煙嬝娜凝香霧，竹影參差拂綠波。
陸羽三篇明句讀，盧全七碗永吟哦。

左十三右十五

林瑞龍

陸氏著經盧作歌，東瀛茶道溯源河。
三篇品茗澄心淡，七碗生津潤嗓多。
謙敬諧同人洽睦，幽清寂靜境融和。
溢香瀰漫芝蘭室，靈性薰陶閒歲過。

註：〈茶經〉三篇有云：「茶之為用，味至寒，為飲最宜精行儉德之人。」陸羽已對飲茶者提出品德修行之要求。盧同〈七碗茶歌〉，歌頌品茶，自在閒適，提升心靈，極為膾炙人口，使盧同與茶聖陸羽並稱。

註：日本茶道集大成者千利休（一五二二－一五九二年），提出「和、敬、清、寂」為茶道基本精神，被稱為「茶道四規」，頗受禪宗影響。

右十四

姚啓甲

曾聞品茗道繁苛，茶聖宣經盡網羅。
新葉甘泉湯可口，清香碧色味融和。
凡人七碗喉頭潤，詩客盈甌韻事多。
愛與鷺鷗相對飲，傳杯共賞暢吟哦。

左十五 吳宜鴻

炎皇始解生津葉，陸羽書中妙論多。
香韻迂迴冷泉水，苦甘自在老叢柯。
一杯敬佛超凡事，數碗提神遠酒痾。
此味濃清皆有道，每隨茶境入詩歌。

次唱詩題：祈雨，七絕，十三覃韻
左詞宗：葉世榮先生
右詞宗：楊維仁先生

左元右十五 甄寶玉

河庫乾枯見底探，稻粱凋謝苦難堪。
民生用水燃眉急，引項蒼天賜露甘。

右元 林宸帆

爭奈天藍比水藍，曾經堤柳碧毿毿。
多晴祇得雲君訴，無雨無風兩不堪。

註：爭，怎麼。
註：晴者，情也。

左眼右四 洪淑珍

春來涸象不能堪，呼癸吾人禱再三。
切盼從龍天漢起，為霖布澤感恩覃。

右眼左十二 陳文識

啓歲風霜少露涵，拋荒限水苦何堪。
驚雷一響雖遲滯，合掌春霖滿翠潭。

左花右九 林顏

商羊不舞苦難堪，妨礙農耕北到南。
蘇旱求天垂雨露，知時潤物萬民酣。

右花左十四　李玲玲

出岫從龍騰翠嵐，隨風潤物卻空談。
九蛙復見憂乾旱，謁水望雲祈再三。

左四　許澤耀

一聲驚蟄彩煙曇，肆虐寒流復再三。
仰望請天甘露降，轟雷掣電入江潭。

左五右十三　姚啓甲

春來應是水盈潭，怎奈久枯遲布曇。
仰首蒼天祈賜澤，霖田潤物早滋涵。

右五　林志賢

春來少雨欲枯潭，久旱逢泉更覺甘。
且奏清都山水主，時批雨敕莫延耽。

左六　林長弘

春光久暖綻天藍，祈願飄霖潤物參。
但望雷鞭蘇旱相，知時為澤稽農甘。

右六左十　洪玉璋

濃雲乍結起東南，久旱難逢一滴甘。
默禱天公憐野老，如膏雨降漲平潭。

左七　蔡久義

幾旬乾旱遍中南，急盼蒼皇賜雨涵。
見底池塘難潤物，誠祈湯澤救枯潭。

右七　余美瑛

三冬久旱渴江潭，局促鯤瀛百不堪。
稽首飛廉靈雨至，得迎膏澤沐恩覃。

左八右十二

吳秀真

久渴雲霓苦望甘，滂沱不見旱何堪，
冀祈霖潤東皇注，萬物生滋兆歲酣。

右八

吳身權

春城久旱意難酣，涸水枯風百不堪。
暗禱蒼天慈潤物，一犁新雨洗孤嵐。

左九右十四

周福南

初春久旱望雲嵐，沛雨知時草木涵。
六事三農欣潤澤，蒼生合慰謝恩覃。

右十左十一

鄭美貴

連綿旱日那能堪，默禱神祇聖澤覃。
憐憫蒼生無水苦，商羊起舞漲江潭。

右十一

蔡佳玲

東風微皺恨空潭，搖落柳煙無二三。
垂憫商霖望上帝，嘉魚常有護天南。

左十三

張民選

肅謁靈宮扮善男，起壇齋戒拜連三。
精誠感召天垂露，乍地風雷雨入潭。

左十五

翁惠貹

東皇不雨苦難堪，道觀祈天競再三。
變幻風雲誰可料，何時春水滿空潭。

天籟吟社丁酉年夏季例會詩作集錦

二〇一七年六月十一日於三千貿易教育中心
首唱詩題：曉起，五律，六麻韻
左詞宗：顏崑陽先生
右詞宗：林　顏女史

左元　甄寶玉

鳴禽驚好夢，曙色透窗紗。
簾外離巢燕，階前浥露花。
辛勤收嫩菜，仔細種新瓜。
更惜晨光計，詩書詠早霞。

右元左七　林志賢

薄曉雲微透，村郊一畝茶。
徐行同愛犬，小坐共鄰家。
鳥噪昨宵事，樹開前歲花。
歸時曦日滿，抖擻向生涯。

左眼右眼　洪淑珍

晨曦開宿霧，流照透窗斜。
悅耳喧喧鵲，凝妝脈脈花。
案前籌日計，鏡裡感年華。
皓首分陰惜，耽書樂品茶。

左花右五　余美瑛

曉星沉碧落，光轉玉繩斜。
一線金波出，千山瑞靄遮。
曦微涵日月，天朗吐雲霞。
坐看生珠露，玲瓏著岸花。

右花左十　姜金火

曉起天微亮，疏星伴月斜。
雲霓頻幻變，鳥語競喧譁。
霧散浮晴靄，曦昇染綺霞。
陽明春麗色，漫步賞鵑花。

右四左六　蔡佳玲

風曉月西斜，池蓮露綴葩。
含香三里遠，入眼一望賒。
心愛君如己，誰憐我似花？
等閑將日上，那許老年華。

左四　陳文生

曉鏡憐霜鬢，開軒感物華。
曙光初射樹，禽哢漸成譁。
宿喜林園好，更陶筆硯嘉。
有繩難繫日，陋室足生涯。

左五右十四　陳文識

夢裡雞聲曉，西窗半月斜。
鄰翁催曝日，老友召烹茶。
抱劍歸元氣，吟詩寄彩霞。
晨光清且壽，持贈不虛誇。

右六　鄭美貴

向曉雞鳴起，神清氣自華。
強身師祖逖，鬥韻繼劉叉。
游泳筋骸壯，登山肺腑嘉。
書齋勤習帖，濡墨筆生花。

右七左十三　吳秀真

曙色初開展，祥光瑞氣斜。
荷凝殘露冷，嵐聚遠峰賒。
覽勝過溪石，扶笻迓曉霞。
晨氛鮮潤足，健走興無涯。

左八右十二 張民選

破曉驚醒起，出門晨氣嘉。
遠山開宿霧，初日映朝霞。
買賣人成市，奔忙道塞車。
一天難再旦，勤力惜年華。

右八左十五 張秀枝

枕中初醒眼，曙色染微霞。
飛快輕衣出，行經麗苑誇。
層巒如挽髻，叢樹隱鳴蛙。
殷惜清晨好，涼風拂髮斜。

左九右避 林顏

雞鳴催曙色，殘月起農家。
逐鴨竿聲急，驅牛笠影斜。
山明浮白日，榴艷映朱霞。
祖逖劉琨志，精神眾讚誇。

右九左十一 翁惠貹

啾啾鳥語譁，夢斷滿朝霞。
策杖登林道，臨亭覽物華。
郊荒無稻麥，圳淺有魚蝦。
曉色春光裏，幽情分外嘉。

右十 姚啓甲

金雞鳴破曙，披褐接朝霞。
曉起先機得，晨蒐麗句嗟。
少曾勤舞劍，老至愛修花。
自問今何適，行吟樂歲華。

右十一 張富鈞

近來惟少寐，倚枕數朝霞。
穿牖開昏眼，緣牆映早花。
雞鳴風雨掃，雀語曉煙誇。
遠處二三子，書聲穿巷斜。

左十二　林長弘

煙迷紅染日，露濕白雲斜。
入眼如詩典，關心此翠華。
曦春巢出燕，曉月樹翻鴉。
勝概香塵外，閑吟缽韻賒。

右十三左十四　陳麗華

不待雞鳴曉，遊身及遠遐。
晨光翻水鳥，朝氣濕山花。
高臥情猶在，長吟興倍賒。
此心君莫問，日日望雲涯。

右十五　蔡久義

曉起燒開水，廳前供佛爺。
三稱經咒頌，一藏聖恩誇。
聚氣求祥瑞，凝神盼紫霞。
氤氳遮大地，露潤眾人家。

次唱詩題：齊柏林，五絕，十灰韻
左詞宗：甄寶玉女史
右詞宗：林宸帆先生

左元　張秀枝

揭弊山川淚，丹心護土催。
無常空劫遇，遺志嘆聲哀。

右元左十三　余美瑛

心繫山河破，凌空識碧瑰。
鯤瀛圭琰器，折翼隕東臺。

左眼右四　吳秀真

懷抱凌霄志，高空攝麗臺。
山河殊勝處，魂斷化塵埃。

右眼左六

楊維仁

鳥瞰俯全台，鴻蒙視野開。
凌雲偏折翼，丘壑為銜哀。

左花右十

李玲玲

航拍眼方開，驚看大地哀。
全民欣有識，聞耗慟英才。

右花左九

蔡佳玲

凌霄蓋世才，百景掣雲開。
此世天行夢，隨風去不回。

左四右十五

林　顏

平生志未灰，空拍愛蓬萊。
隕落花蓮處，聲聞舉國哀。

左五

陳碧霞

才見瀛洲美，驚天一響雷。
英才魂頓失，後繼有誰栽。

右五左七

許澤耀

生態凌空見，台灣眼界開。
斯人今已杳，真相幾時回。

右六

張富鈞

台島三年得，風光一鏡開。
修文何促迫，誰更諫蓬萊。

右七

張家菀

雲影隨風散，江山眼底來。
凌空開勝景，一掌擁蓬來。

左八右十四　陳麗華

山川何破碎，攝影顯瀛台。
揭惡行天道，名彰憶俊才。

右八　黃言章

寶島一奇瑰，高空綺景開。
不仁真主恨，遺志孰賡推。

右九左十四　姜金火

空拍顯奇才，緣君眼界開。
山川留美景，捨命護蓬萊。

左十　洪玉璋

紀錄台灣片，空中攝影迴。
柏林機墜毀，痛失一英才。

右十一　翁惠甡

天地不憐才，柏林身受災。
墜機千古恨，人世死生哀。

左十一　林瑞龍

福爾摩沙島，西洋歎美哉。
斯人空拍後，造化幾憂哀。

左十二　陳文識

輕航入險隈，補闕救三臺。
一墜留長痛，更誰訴後災。

右十二　鄭美貴

河山遭破敗，真相震蓬萊。
空拍籌賡續，墜機生命摧。

左避右十三

甄寶玉

看見瀛洲美，何堪隱地雷。
今當師再發，盡瘁令人哀。

左十五

林志賢

耿耿平生志，萬難心不灰。
台灣雖看見，導演未歸來。

天籟吟社丁酉年秋季例會詩作集錦

二〇一七年九月十日於故宮晶華
首唱詩題：螢，七律，七陽韻
左詞宗：顏崑陽先生
右詞宗：楊維仁先生

左元右眼 林志賢

蔓草幢幢月色涼，憐君巡夜照郊荒。
莫臨燈火爭明滅，不與星辰較短長。
萬點浮移驚夢幻，孤零閃爍感微茫。
青春一霎燃燒盡，無悔生平頻放光。

右元左眼 陳麗華

流螢點點趁宵涼，掠過雞窗夜未央。
不羨匡衡偷鑿壁，卻憐車胤集成囊。
輕盈正合憑風力，閃爍還能亂月光。
莫笑出身依腐草，幻如星斗亦煌煌。

左花右避 楊維仁

熠燿何曾源腐草？遙從銀漢借星芒。
林間隱現輕如夢，野際縈迴醉欲茫。
翅弱縱難凌絕頂，身微也要映毫光。
區區抱負昭明志，願向深宵點綴忙。

右花左四 甄寶玉

仲夏精靈喜納涼，草叢溪畔自飛翔。
熒熒小燭風難滅，熠熠繁星夜未央。
縱是浮生如幻夢，惟祈晚景燦瑤光。
舞姿明亮非蜂蝶，映水撩人客欲狂。

右四左九　　姚啓甲

點點清輝熠晚涼，飛穿竹樹逐童忙。
散如星宿流河漢，躍似音符譜樂章。
誰笑丹良生腐草，君看螢案藉燐芒。
莫嫌行善微身出，照亮人間在熱腸。

左五右五　　洪淑珍

顛倒星空秋味涼，萬千的皪小流光。
臨風不滅撩人眼，散彩齊飛泛月塘。
照讀有情功豈負，輕招逐影趣偏長。
可憐翅弱宵行客，夜幕繽紛漫飾裝。

左六右八　　吳宜鴻

身經幾蛻解宵長，也伴書聲入案囊。
照夜有情綿夏夢，臨風無畏點光廊。
水明方得邀清客，氣瘴何能作故鄉。
星月誰同遞燈語，人間此刻正輝煌。

右六　　翁惠甡

腐草成螢引興長，夜來尋覓悅心房。
冷光方在水邊曳，幻影頃消花裡藏。
一路凝望聲寂寂，幾程遐想氣揚揚。
寒門車胤終騰達，有志人家當自強。

左七　　吳莊河

彷彿星輝在水鄉，潛行草際爍幽光。
熒熒照讀秋窗下，點點飄搖薄翅張。
有雪堪培孫御史，無螢難育尚書郎。
慈悲助士能成器，幸得微名感不忘。

右七　　陳文識

寄身腐草自清光，入世浮沉變亂鄉。
蓋地硝煙長慘惻，瀰天網罟獨徬徨。
欲棲老樹風霜緊，將隱新枝雀鼠狂。
盪滌乾坤同奮起，明珠耀夜獻農桑。

左八右十四 林　顏

身化成蟲腐草藏，宵來弱翅任飛翔。
林間來往熒熒火，江畔高低點點光。
車胤書攻留典範，孫康雪映讀詩章。
長空熠熠流星似，體小功宏耀八方。

右九左十四 鄭美貴

頹垣腐草總家鄉，日暮群征弱翅忙。
熠熠流金穿竹樹，娟娟熒火映池塘。
橫空飛舞星河亂，臨牖照書恩澤芳。
生態盎然宵燭燦，憑添夜色好時光。

左十 余美瑛

萬古空穹夜未央，一宵風月思偏長。
玉階無語輕羅扇，頹壁低吟盛練囊。
腐草為衾天作枕，經旬伏晝暮擎光。
分明的歷飄搖小，十里南風十里揚。

右十左十二 林瑞龍

熠熠飄飄點滅颺，童年歡笑撲追忙。
忽穿永巷趨高閣，更越荒郊過野塘。
往事隨風去無跡，舊螢蒙露逝何方。
浮生且作金姑夢，清淨流光繞佛堂。

左十一 陳麗卿

提燈遊衍任低昂，簇擁追風野趣長。
似火熒熒穿竹徑，如星點點照書房。
囊輝車胤吟何倦，溪暗杉林閃正忙。
猶記兒時輕撲扇，瓶中熠耀眩盈眶。

右十一左十五 陳碧霞

復育含辛引領望，迎來腐草暗生光。
熒熒流焰何微細，點點藏輝忽發揚。
螢火亂飛秋已近，星辰早沒夜初長。
當年深院孩童撲，莫道樓空照晚涼。

右十二

黃言章

每逢盛夏換新裝，夜晚逡巡草岸塘。
閃鑠晶星明滅隱，恍搖燈火去來藏。
囊螢映冊多年苦，金榜題名一夕揚。
稀有冷光人類寶，勸君珍惜莫殘戕。

左十三右十五

姜金火

蟬嘶殘月晚風涼，鳥宿幽林桂散香。
宵燭熒熒飛草際，夜珠點點照蓮塘。
囊螢映雪詩書景，緝柳編蒲翰墨場。
悠賞流光怡自樂，輕吟秋興漫徜徉。

右十三

周福南

煙昏濕徑浥池塘，閃爍高低點點光。
晝伏夜飛吹不滅，星流草腐洗還揚。
孫康映雪勳名仰，車胤囊螢志業昌。
藉汝微熒輝大地，相期濁世滿庭香。

天籟吟社丁酉年冬季例會詩作集錦

二〇一七年十二月十日於三千貿易教育中心
首唱詩題：丁酉孟冬即事，五律，八庚韻
左詞宗：普義南先生
右詞宗：陳麗華女史

左元右十二　楊維仁

朔氣森然到，淒淒冷意生。
豈惟驚物候，倍是感民情。
弊案理還亂，工時爭不平。
連朝陰雨濕，穹宇幾時晴？

右元左五　翁惠甡

鷄年十月迎，節候野人驚。
蕭瑟風無定，飄零葉有聲。
閉門詩興發，倒醯酒魂生。
醉眼忘寒色，入懷敲句成。

左眼右十　何維剛

雨洗秋光冷，連簷滴夜聲。
懷民寒慄慄，逐利恥營營。
政策看顛倒，世情翻晦明。
誰堪掃雲手，拗救一天晴。

右眼左七　林瑞龍

入冬寒氣至，霜髮杞憂盈。
亞太風雲緊，臺澎草木驚。
近平謀久遠，川普算精明。
刀俎他人手，如何夾縫生。

註：川普訪中日韓越菲，出席亞太經合會峰會與東協峰會有感。

左花右十四　吳身權

酌酒至殘更，幽心夢不成。
例休爭未已，朝野政難衡。
惡火焚黎庶，匪槍輕死生。
但祈新歲後，蓬島轉昇平。

右花左九　洪淑珍

陽月初寒至，負霜香橘橙。
菊猶名苑秀，梅向故枝萌。
國步今朝困，年金無日爭。
時紛歎未已，低首獨杯傾。

左四右十五　鄭美貴

靈禽催四序，陽月朔風橫。
葉落屯峰瘦，雲消淡水清。
弦歌宣國粹，缽韻振天聲。
例會斯文盛，三千聖道賡。

右四左十二　張民選

閏歲寒遲到，冬猶暑氣橫。
群花開錯亂，四季失分明。
應識危機大，依遵對策行。
人人拋利益，何必俟河清。

右五左十　余美瑛

孟冬寒氣至，丁酉眾征行。
邊角侵南海，飆風掃北京。
長筵鵷鷺集，寰宇虎狼爭。
欲斷他人骨，圖勛畫閣名。

左六右避　陳麗華

十月餘農事，果園收綠橙。
天寒心易感，韻險句難賡。
雨意催詩意，鄉情繫客情。
偶從高處立，煙靄望中生。

右六左十五　康英琢

酉歲初冬到，新霜結玉晶。
蕭蕭寒雨急，颯颯冷風生。
黨派私公鬧，邦家正義評。
銀行傳搶劫，社會幾時榮。

右七　黃言章

臨冬寒漸逼，世貌愈猙獰。
川普迢迢訪，英文撲撲征。
恐攻連二起，核射接三賡。
歲暮和平禱，長年兩岸清。

左八　林　顏

丁酉霜風凜，詩尋野外行。
新梅花待放，殘菊蕊餘榮。
遙看山容瘦，多乖政局驚。
經冬催臘鼓，祈望國昇平。

右八　姚啓甲

孟冬花事盡，丁酉冷初橫。
枯葉蕭蕭落，寒蛩唧唧鳴。
朔風催雅句，凍筆寄閒情。
老驥悠遊樂，隨鷗遠利名。

右九　吳莊河

白帝辭丁酉，初冬曝背晴。
朔風仍不至，陰雨怎催生。
慶富喬聯貸。獵雷誰夢驚？
炎涼觀世態，案滾雪球明？

左十一　周福南

雞年陽月至，細雨朔風聲。
紅葉霜林染，新梅嫩蕊萌。
蘭亭飄藻彩，筆陣勵忠貞。
濁世匡時急，同舟國祚亨。

右十一左十四　蔡佳玲

南枝寒待發，冷蕊向誰迎？
自是孤芳賞，豈因塵客榮。
臨風來快雨，含雪動高情。
來日凝香處，馬蹄春草平。

左十三　林長弘

冷雨空林灑，山寒落葉聲。
嚴凝思百結，凜冽苦三更。
人待尋梅興，雲深望雪傾。
炎涼隨世態，長夜寄吟情。

右十三　陳碧霞

天氣半陰晴，寒從雨後生。
丹楓添畫意，黃葉入詩情。
夕日人皆好，晨霜我亦迎。
四時隨遞嬗，智者自澄明。

次唱詩題：冬晴，五絕，十三元韻
左詞宗：余美瑛女史
右詞宗：楊維仁先生

左元右元　張富鈞

十寒逢一曝，野叟喜天恩。
何得經綸手，揮戈駐曉暾。

左眼右眼　詹培凱

淒寒風雨過，天色淨無痕。
沐得朝陽暖，聊蘇萬物魂。

左花右花　陳麗華

久雨寒生怨，今欣霽色溫。
陽光蘇氣象，鳥雀語晴喧。

左四右八　鄭美貴

雨霽寒威斂，梅園笑語喧。
騷朋爭作賦，天籟爽吟魂。

右四　林長弘

雲收呈霽色，樓靜日侵門。
曝背人閑適，晴光爽詠魂。

左五　洪淑珍

開霽霜威斂，遠山舒眼昏。
簷前人坐暖，五字更深論。

右五　黃言章

肆虐寒霏杳，熙陽又賜恩。
遠嵐何眼近，大塊掃污痕。

左六右十一　許澤耀

思維凝雪凍，筆墨鎖高軒。
暖破寒梅日，文章萬馬奔。

右六　林瑞龍

連日瀟瀟雨，今朝突轉溫。
山河如畫頁，鳥雀曉喧喧。

左七　蔡佳玲

弄曉山光冷，初晴水氣昏。
南枝開可數，好景滿乾坤。

右七　陳碧霞

雨霽寒威退，柔陽灑小園。
童孫伴翁媼，笑語似春喧。

左八　何維剛

一掃浮雲蔽，休明蕩昧昏。
晴光宜曬腹，曾照郝隆門。

左九右十　吳莊河

冬陽曝背溫，氣暖感天恩。
無怨能知足，含飴喜弄孫。

右九　李玲玲

寒添晴一線，深覺暖盈門。
影落光搖玉，遙望日漸昏。

左十右十二　吳身權

宵殘寒雨露，日出朗乾坤。
極目天涯遠，難銷楚客魂。

左十一　周福南

葭月照幽門，梅梢玉蕊奔。
天寒松獨秀，霽色壯吟魂。

左十二　姚啓甲

積冷寒侵骨，晴光煖市村。
疏身猶載酒，共詠享芳蓀。

左十三　翁惠貹

寒冬野色昏，欲出盼晴暾。
雪霽和風至，登山笑語喧。

右十三左避　余美瑛

宇寰頻野火，塵暴掩黃昏。
冬日晴初見，因思造化源。

左十四右十四

康英琢

凜冽寒風起，行人欲斷魂。
冬陽今見面，暖氣滿乾坤。

左十五

甄寶玉

時序嚴寒季，頻頻濕雨痕。
烘簾光乍現，曝背步庭園。

右十五

林　顏

久雨初逢霽，天寒喜轉溫。
陽光蘇萬物，好景滿乾坤。

天籟吟社戊戌年春季例會詩作集錦

二〇一八年三月十一日於三千貿易教育中心
首唱詩題：戊戌春願，七律，九青韻
左詞宗：文幸福先生
右詞宗：陳麗華女史

左元右十一　　張民選

春來野色入簾青，萬象滋榮養氣靈。
國運亨通興社稷，家途發達壯門庭。
攤箋畫竹閒居賦，悟道脩身陋室銘。
行善酬勤忙且樂，丹心一片望成形。

右元左十五　　吳身權

一曲幽吟一卷經，中宵漫飲欲忘形。
俗塵紛擾由他去，宦海浮沉獨我醒。
未敢清狂憐屈子，但憑詩酒效劉伶。
遨遊天地時行樂，快意何愁兩鬢星。

左眼右花　　楊維仁

交迫風霜幾歷經，尚餘驚悸意難寧。
震災横暴摧樓宇，霾害昏茫黯日星。
舊憾應隨殘臘盡，新榮要趁令辰醒。
喜迎春色迴天地，好鳥佳音帶笑聽。

右眼左五　　劉坤治

光陰逆旅歎飄萍，荒歲辭枝飽所經。
夢破忍從千里別，詩新那復幾回聽。
他年人笑何成敗？我輩自嘲同醉醒。
戊戌來春猶可待，再將盛事寫蘭亭。

左花右十三

林瑞龍

戊戌春回大地醒，自然節奏草青青。
三陽開泰生機暢，五福臨門好德馨。
晴習詩詞宜展卷，雨溫經論可修靈。
家家和睦全臺樂，歲歲平安四海寧。

左四右十二

林　顏

瑞犬欣臨大地醒，回蘇景氣壯鯤溟。
風調雨順民生富，物阜農豐國力馨。
志願昌詩揚聖教，心期德政樹芳型。
族群融合紛爭息，世界和平核禍停。

右四

陳文識

寒流滯雨雪傷青，地震洄瀾淚涕零。
願彼嬌陽蘇草芥，祈其瑞氣耀門庭。
迷濛否塞時將盡，浩蕩謙沖日已醒。
養得臨霜神色健，詩聲劍影樂瞻聽。

右五

姚啓甲

戊戌新春許願靈，東風日暖事成形。
腐儒期健多餐棗，老驥猶聰蓋讀經。
愛詠詩詞無俗韻，閑修瀚墨效蘭亭。
君看此望真堪笑，還忝犬年能駐齡。

左六右避

陳麗華

地震花蓮染血腥，迎年遭禍不堪聽。
且祈歷劫人無恙，敢説賡詩筆有靈。
假我文章能用世，管他榮辱自窮經。
襟情倘許天憐惜，乞得春光破晦暝。

右六左十一

翁惠貺

戊戌迓春春似停，祥光應燦卻昏暝。
殊常政亂爭難靖，罕異宅搖居不寧。
隱約天心無惻惻，依稀地氣有雷霆。
蓬萊本是仙鄉界，但願福臨災免經。

左七 張富鈞

歡聲爆竹案前聽，又見春風添歲齡。
眼共櫻梅爭煥景，心如雞犬未清寧。
光陰浪擲羞無惑，事業無多愧讀經。
願得明朝身有立，好將寸草奉萱庭。

右七 吳秀真

東風綠岸草青青，春獨鮮妍人鬢星。
雀鳥爭啼頻頌讚，李桃勤舞競芳馨。
可憐怙恃病僂影，還似燭燈暄爍冥。
戊戌歲逢祈一願，椿萱康健且龜齡。

左八右十五 林長弘

梅魂破臘迓新齡，戊戌春回滿眼青。
蝶翅雙飛香暗動，鶯聲百囀蕊初醒。
時艱共體官民誌，濟困同舟府野銘。
祈得東君和氣逗，犬年國泰政經寧。

右八 洪淑珍

喜換桃符眼一青，直揮吟筆致蒼冥。
花光長絢人和睦，災難不臨邦晏寧。
作解低薪民意順，能修善政浪言停。
所望朝野歸熙洽，雅侶無憂醉綠醽。

左九 陳文生

春到忽驚裂地霆，信風愁殢損芳馨。
騷人詠杏詩腸結，遊客探梅野步停。
登眺青崗還莞爾，俯臨碧壑故泠泠。
惟蘄海嶽歸平靜，巳日流觴頌歲寧。

右九左十 葉世榮

寅回好運已成形，叫旺聲催福滿庭。
竹報平安傳賀喜，花開富貴播芳馨。
惠蒙社長功於會，自愧麤才筆失靈。
唯盼賢能營寶島，蒸蒸日上樂無停。

右十　林志賢

無窮昨日付曾經，莫可奈何添一齡。
桃李薰風將爛漫，河山籠霧尚渾冥。
花紅柳翠閒中看，雨鼓風簫愁裡聽。
長嘆官民多謾罵，焉能國運不飄零？

左十二　鄞強

呈祥戊戌契心銘，宴會群賢啓性靈。
奮勉身心三省道，堅強志節九旬齡。
學員和協饒佳趣，社長關懷樹典型。
雅士賡吟諧逸樂，扢揚天籟史垂青。

左十三　蔡久義

歲逢戊戌滿春庭，設宴圓山入畫櫺。
墨客連歡新試筆，騷壇雅聚播芳馨。
舉杯互祝康而壽，遣興同吟樂忘形。
豪氣姚君東道作，觥籌交錯醉詩星。

左十四　余美瑛

後山歲暮震難停，地裂崩樓負八溟。
聞訊友邦伸暖手，馳援朋伴滿中庭。
白雲蒼狗原常幻，黃耳黑龍但細聽。
望極長天期此願，春來遍地是芬馨。

右十四　蔡佳玲

輕寒宿雨晝冥冥，景氣風頭催未醒。
幾度災傾家毀落，四民巷哭鬢凋零。
東君底事少音訊，北闕何時張聖聽？
一炷清香遙對月，人間雞犬共安寧。

次唱詩題：賞櫻，七絕，十一尤韻
左詞宗：張富鈞先生
右詞宗：詹培凱先生

左元　何維剛

未許春寒輕易休，吹將花雨亂吟眸。
擎天一片英雄血，劃破青空自在流。

右元左四　張家菀

艷絕風情第一流，芳華爭讓少年遊。
輕紅撲面春將老，人事花時俱是愁。

左眼右眼　楊維仁

敷紅染粉韻悠悠，綵筆春工最婉柔。
深惜朱顏容易老，花前徙倚不能休。

左花右花　鄭景升

滿含新艷入吟眸，一樹迎春到小樓。
何意紛紛飛似雪，可知春好亦難留。

右四　吳秀真

新枝破臘半含羞，嬌態天成粉艷柔。
堪比雪梅清麗甚，忘機賞趣不知休。

左五右八　李玲玲

春來冷暖蕊含羞，遍野櫻紅入眼眸。
憶昔隨親樂相賞，祇今獨往思悠悠。

右五左十一　張民選

寒櫻爛漫艷迎眸，紅白交輝畫景浮。
何必扶桑遙遠去，尋芳處處可相酬。

左六右避　詹培凱

櫻蕊齊開滿樹頭，萬紅爛漫近高樓。
俯望花落歸何處，惟伴一江春水流。

右六左十　吳身權

日暖天清萬象幽，春櫻盛綻喜從遊。
風吹一陣繽紛雨，麗景無邊入眼收。

左七　林瑞龍

野櫻爛熳早盈眸，堤岸賞花魚貫遊。
料峭春寒風雨後，不堪狼藉不勝憂。

右七左十三　陳碧霞

芳姿簇錦水悠悠，怒放迎春縱眼眸。
絕似雲霞看不厭，扶桑來客綻瀛洲。

左八右十四　陳文識

結伴坪林拾翠遊，驚呼瓣落滿園浮。
枝頭更有蜂催蝶，莫把繽紛恣意偷。

左九右十五　陳麗華

玉色繽紛豁眼眸，爭教騷客作詩囚。
紅嬌白艷延賓賞，一種春情誰與儔。

右九　吳莊河

一霎櫻紅入眼稠，滿身舒暢見嬌羞。
與君情定春風裏，歲歲花開鳥語柔。

右十　林長弘

雪掩清姿嫩蕊羞，悠然漫步賞櫻遊。
放情春水凡塵外，吟出花香好忘愁。

右十一左避　張富鈞

春色撩人豁眼眸，趁晴聊作賞櫻遊。
青山揉碎胭脂色，分與詩人筆下收。

左十二 林志賢

春光旖旎欲行遊，朝踏東風臨小丘。
總覺緋櫻鮮艷甚，未如桃色顯嬌柔。

右十二 張秀枝

晴和柳綠八重優，香氣千枝映眼眸。
鶯囀江山紅奼紫，留連養晦樂悠悠。

右十三 余美瑛

櫻叢新蕊遍山頭，人面尋花盡日遊。
粉麗緋紅穿織鳥，清歌竟夕洗春愁。

左十四 王文宗

欲覽櫻紅曙色遊，穠華更勝萬人頭。
芳菲盡解春風意，遍野薰蒸喜未休。

左十五 林宸帆

孰種朱櫻人未留，于今一簇一望收。
思量再到應何日，存得當時顏色否。

天籟吟社戊戌年夏季例會詩作集錦

二〇一八年六月十日於三千貿易教育中心
首唱詩題：汗珠，五律，十蒸韻
左詞宗：張韶祁先生
右詞宗：洪淑珍女史

左元 劉坤治

雨後暑猶仍，炎威幾不勝。
坐禪三昧悟，遺世四方澄。
身是驅馳客，心為入定僧。
涔涔珠汗湧，清鑒玉壺冰。

右元左眼 鄭景升

點滴猶垂露，爭流似洗冰。
時沾禾下土，偶映案前燈。
樹本根多賴，成功業所憑。
當知家與國，俱在此中興。

右眼左花 吳莊河

火傘難遮熱，淋漓汗不勝。
濕衣流似雨，照眼湛如冰。
滴滴生還破，漣漣點漸凝。
炎涼驚變態，忽爾化雲蒸。

右花 余美瑛

荊軻顏上汗，去病馬尤增。
頂日漁樵背，聞雞弩劍肱。
寒窗孤哲匠，雲路數追鵬。
滴滴何因暑，珠光傲骨凝。

左四右五

楊維仁

聯珠欲成串，浹汗熱難勝。
錯落如圓轉，晶瑩似露蒸。
眉尖生熠爍，額角滴頻仍。
不用連城貴，勤劬氣自騰。

右四左十一

陳麗華

熱汗聯綿下，欲收偏未能。
圓圓明似目，顆顆燦如冰。
浹背肌膚潤，沾衣氣味凝。
合他名利客，逐臭不憎蠅。

左五右七

吳宜鴻

火傘高懸日，風隨熱浪騰。
焚心難得適，漿液更沾凝。
玉潤從眉宇，雪晶連股肱。
淋漓真暢快，一任掃炎蒸。

左六右十

黃言章

盛夏陽光灑，洪鈞暑溽蒸。
身心勞苦作，顱體汗珠騰。
斯氣絲絲透，其形點點凝。
亟思沖浴後，清爽樂填膺。

右六

甄寶玉

似水如珠滴，辛勞五味承。
栽瓜多困苦，烈日久煎蒸。
盡染衣衫濕，方知月兔升。
盈盈心血汗，才得果豐登。

註：屋頂花園種蔬果。

左七右十三

陳文識

久別庭園趣，驚憐雜草增。
運鋤身顫顫，沃水手矜矜。
俯首珠千串，揚眉汗百層。
山風吹又歇，盪滌潔如冰。

左八　吳秀真

滴滴晶瑩落，健康成數增。
志工忙按壓，始點有依憑。
勤煮薑湯飲，溫敷患處蒸。
熱源兼內外，排毒汗珠兢。

註：所述乃原始點自然保健之方。

右八　李玲玲

溽暑氣蒸騰，勞工更可矜。
汗揮如雨灑，滴串似珠凝。
日下爐邊作，人間職所能。
涔涔流夾背，權貴又何曾？

左九右十四　林長弘

殷勤家事計，勞碌汗珠承。
燦爛沿腮滴，精瑩浹背蒸。
辛酸將洗盡，苦澀亦清澂。
任爾煙塵蹇，加持萬世興。

九左十二　吳身權

鎮日驕陽炙，瀛臺暑氣蒸。
涔涔流浹背，滴滴濕輕綾。
解慍風難得，趨涼電不勝。
聊搖一蒲扇，獨坐曲欄憑。

左十　姚啓甲

炎威生汗濕，粒粒熱軀凝。
落紙成蠅點，滴田霑稻登。
珠流名利逐，背浹肺肝凌。
舞扇兼箕踞，身閑酒樂興。

右十一左十五　周福南

長天暑氣增，熱浪海雲昇。
覓句文思竭，搜腸汗水蒸。
老農禾畝作，勇警火場騰。
浹背晶瑩滴，薰風解慍登。

右十二　　李柏桐

晶瑩從熱血，日照炫明澄。
一旦樓騰地，長年體溼綾。
汗津傾穀土，稻浪漫田塍。
靜夜耕詩句，液珠眉上仍。

左十三右避　　洪淑珍

勤劬中醞釀，或值暑炎蒸。
細細輕衫濕，瑩瑩粉額凝。
從來香女士，不畏臭男朋。
一旦淋漓下，健身排毒增。

左十四　　張富鈞

點點疑如淚，冷冷不是冰。
逡巡心怵怵，戰慄意兢兢。
天暑徒然罪，納涼未可憑。
終非東海水，或解世熏蒸。

右十五　　周麗玲

細膚生味水，剔透美晶稱。
出解身脂化，消開體燥蒸。
日暉鞭袖濕，夜影嚇魂騰。
萬物誰同有，唯猿共擁承。

次唱詩題：夏夜，五絕，二冬韻
左詞宗：張家菀女史
右詞宗：何維剛先生

左元右元　　王文宗

細草流螢亂，瑤蟾菡萏穠。
薰風消暑瘴，守月待晨鐘。

左眼右避　　何維剛

欲掬微涼意，沈吟和草蛩。
偏心惟滿月，祗傍晚花濃。

右眼

月窗炎可畏，扇暑已心慵。
忽爾涼生枕，槐風振筆鋒。

陳麗華

左花

明月心頭坐，炎宵避暑慵。
風生螢繞户，院落苦蚊兇。

林長弘

右花左五

溽日天遲暮，風迎向晚鐘。
蛩聲明月夕，心靜得輕鬆。

吳宜鴻

左四右八

噪蟬紗漸透，暑夕月還慵。
漏寂清宵短，看雲臥老松。

張富鈞

右四

浴罷簾邊坐，鞦韆月影溶。
怡情孫輩戲，涼味沁吟胸。

蔡久義

右五

蟬噪夜鳴蛩，群賢鉢韻濃。
掀簾邀月入，覓句酒千鐘。

周福南

左六右十三

暑氣隨風散，月光浮水溶。
開軒閒靜臥，度曲伴鳴蛩。

吳身權

右六左十

寂寂園中立，堂階月照松。
蟾蜍隨竹影，倏忽望無蹤。

陳碧霞

左七右十五

炎宵難入睡，心懶意加慵。
修竹光移影，靜聽溪水淙。

李玲玲

右七

海吞紅日沒，螢火燦行蹤。
循入幽香境，竹喧明月逢。

周麗玲

左八

爍石災威逼，宵清鷗鷺逢。
興深沉覓句，不覺五更鐘。

林瑞龍

左九

登嶺尋清境，林幽積翠濃。
全無炎酷氣，惟有月溶溶。

甄寶玉

右九左十四

炎夜蒸如火，南薰何處蹤。
更深猶未寢，煩熱鬱心胸。

張民選

右十左十一

納涼迎暑月，蟲韻耳邊慵。
荷氣微風動，銜杯興更濃。

洪淑珍

右十一左十二

薰風憑解慍，月朗影芳蹤。
亭靜荷香賞，詩吟酒興濃。

吳莊河

右十二

晚月掛雲峰，幽懷興未慵。
輕搖清羽扇，快意自相逢。

劉坤治

左十三

暑氣夜無蹤，閒情著我濃。
觀星歡得所，自酌倍從容。

翁惠甡

右十四

夏夜憑軒眺，嫦娥皎潔容。
荷池孤艇划，香透暑消蹤。

黃言章

左十五

酷熱心魂炙，高山賞月容。
風涼螢撲面，寂籟露初濃。

吳秀真

天籟吟社戊戌年秋季例會詩作集錦

二〇一八年九月九日於基隆柯達大飯店
首唱詩題：晚眺，七律，十一尤韻
左詞宗：徐國能先生
右詞宗：楊維仁先生

左元右四　鄭景升

避風港外泛漁舟，向夕乘風出海頭。
岫染霞紅深淺處，潮翻雪白湛浮漚。
自應高岸留斜照，誰肯橫波當逆流。
敢問雲中坐談客，奔濤逐浪幾人憂。

右元左五　洪淑珍

小築迎涼白露秋，階前佇立縱閒眸。
穿雲屯嶺雄依舊，向夕淡江清益柔。
一片霞輝如散綺，數聲蟬嘒似含愁。
物華忍逐流光老，覽景觀時感不休。

左眼右九　張富鈞

憐取斜陽好上樓，雲山依舊似初遊。
一痕殘照留東海，不盡車塵拜北丘。
暑色未如窗色冷，人聲早似水聲愁。
憑欄別有關心事，露重風涼月影流。

右眼左十四　何維剛

腸饑髀軟懶登樓，凭檻迎風獨展眸。
黃葉鴉棲群木晚，青松蟬噪半山秋。
催燈星漢綢繆吐，歸岫雲霞躑躅收。
歲長易迷千里目，激情終付少年遊。

左花右避　楊維仁

暮色昏沉晚愈稠，南天積靄黯吟眸。
遙憐暴雨滔滔下，冥想洪波滾滾流。
百里家園頻滅頂，四方道路竟行舟。
夜來獨向災荒眺，霾散雲開是所求。

註：時逢南部暴雨成災。

右花左八　陳麗華

浩浩蒼溟暮靄收，萬家燈火夜窗幽。
眼中有恨雲千里，身外無機酒一甌。
風撼江聲遙入耳，山銜月色正當頭。
明蟾也是多情物，肯向人間照別愁。

左四右十　林宸帆

無聊難遣獨登樓，往事思量此夜秋。
自是凡間多冷暖，誰嫌酒裏小溫柔？
風灣波浪千堆雪，今古騷人一樣愁。
檢點浮生渾似夢，山形依舊枕江流。

右五　林　顏

斜暉漫步淡江頭，極目蒼茫眼底收。
倦鳥歸巢山隱隱，餘霞倒影水悠悠。
三芝夕照金波麗，八里潮洄暮靄柔。
絕妙風光無限好，何須世外覓丹邱。

左六　劉坤治

塵世風波獨抱憂，何妨寄我樂行遊。
登高渾覺溪山笑，懷遠似窺雲月羞。
適意人生難易有，由心愛欲幾時休？
初衷未老君應惜，合與癡兒只暗投。

右六左十三　余美瑛

煙嵐疏雨斜陽外，山寺彌陀古磬悠。
白鷺成雙歸竹塢，淡江橫帶隔蘆洲。
金風暮色行人少，水月禪心俗念休。
回首雲霞頻極目，世塵紅葉滿雙眸。

左七

吳秀真

落日銜林霞彩柔，臨江白鳥爪痕留。
漁帆一片乘風去，灶火千家為子籌。
伴有渚磯垂釣者，偶拋塵俗繫絲鉤。
人生宛似飛鴻過，惜取今朝感慨休。

右七左十二

張家菀

我今行上最高樓，玩賞煙霞一片柔。
似與桃花賒艷色，漫將清景付星眸。
殷勤逐暖迷雲雁，浩蕩平波極目秋。
可愛流光看不足，乘風歸去是閒鷗。

右八

張民選

長河平楚暮雲幽，霞彩西山綺水流。
魚貫歸帆迴曲港，風馳度鳥繞芳洲。
穿梭快道天邊去，破霧飛機海外遊。
坐看黃昏雖最樂，有詩無酒卻生愁。

左九

甄寶玉

餘暉未盡上高樓，一霎周圍黑幕收。
足下千家燈火燦，眼前萬道影光浮。
溶溶銀瀉中天月，颯颯涼生午夜秋。
大地深沉人漸去，繁華褪下是清幽。

註：高樓指一〇一大樓

左十右十四

策杖仙巖夕照幽，乾坤入眼感沉浮。
屯山煙戀殘霞頂，淡水潮歸舊渡頭。
日沒神州淪鐵幕，月昇鯤島泛扁舟。
未來兩岸何從去，四顧蒼茫萬古愁。

左十一

蔡久義

夕陽斜掛上山丘，霞蔚雲蒸色倍柔。
八卦亭高月印足，七星嶺上影當頭。
鵑城夜景添詩興，淡水舲光載客遊。
覽勝漫生遲暮感，迷濛霧氣鎖清秋。

右十一　陳碧霞

淡江落日水中浮，煙鎖蘆洲燈火柔。
岸上遊人依老樹，天邊歸鳥過紅樓。
猶知前世乖張惡，至此今生勤奮修。
多少無常甘願受，悄然回首暮雲悠。

右十二　詹培凱

無端興起獨登樓，天染餘暉氣更秋。
片片海波迴添思，陰陰山色黯生愁。
乾坤浩渺孤舟客，日月浮沈遠岸鷗。
寂寞此中向誰語，晚燈幾點在滄洲。

右十三　翁惠甡

歸鳥餘暉縱遠眸，一番滋味在心頭。
霞籠遠浦幽情駐，雲彩長空雅意浮。
鷺宿林梢留好夢，鷗栖沙渚歛嬌喉。
頃時暝色天邊落，騷客黯然人倚樓。

左十五　周福南

圓山極目七星陬，十里霞光淡海流。
艋舺安瀾迎燦樹，承恩鎖鑰映華樓。
及時觴詠騷風遠，易代勳名史筆留。
蔗境回甘身矍鑠，天燈降福滿金甌。

右十五　吳身權

晚風輕撫正溫柔，欲眺斜陽上小樓。
遠近街衢羅似織，高低華廈密如稠。
紅霞似醉暈成火，暑慍初消感近秋。
笑看塵寰紛擾去，人間萬事自悠悠。

天籟吟社戊戌年冬季例會詩作集錦

二〇一八年十二月九日於三千貿易教育中心
首唱詩題：冬至望遠寄懷，五律，十二侵韻
左詞宗：顏崑陽先生
右詞宗：余美瑛女史

左元右十　劉坤治

登高閒縱眼，朔氣橫相侵。
四顧乾坤闊，空嗟歲月深。
陽回參物理，霜冷鑒天心。
渺渺征鴻去，囂囂寄短吟。

右元左花　洪淑珍

極目天涯遠，霜風拂我襟。
南枝凝雪蕊，北浦寂寒禽。
對此榮枯色，頓生鷗鷺心。
今時逢至日，驚晚獨沉吟。

左眼　甄寶玉

嚴霜迷野色，遠眺獨登臨。
凍結屯山頂，寒凝淡水潯。
冬容疑睡夢，萬象自浮沉。
待得春風拂，花開滿碧岑。

右眼　吳身權

信步逢冬節，懷幽望遠岑。
難平紛擾事，惟秉患憂心。
啖得浮圓暖，邀來對酒吟。
寒宵拼一醉，醉底寄情深。

右花 周福南

一氣洪鈞轉，葭飛白髮侵。
搓圓沿美俗，薦祖頌清音。
獸岳雲縹緲，崇樓夕照臨。
興賢安社稷，鯤島起龍吟。

左四 陳麗華

時當迎亞歲，眺望久沉吟。
惆悵雲無跡，徘徊月有心。
目窮天外去，魂斷柳邊深。
又見寒梅綻，題詩一寄音。

右四左六 張民選

登眺逢冬節，驚懷歲月侵。
山暝情未退，日落景難尋。
尚抱青雲志，無移白首心。
達生欣有託，朝夕樂書琴。

左五右七 吳秀真

節序飛葭至，登高冷襲襟。
團圓欣此夜，皎潔譜同心。
時代憂情去，寒流新酒斟。
洪鈞寧寄望，己亥降甘霖。

右五 蔡久義

絕嶺暗芳尋，吹葭慨歲深。
裁詩觀義路，設色染檀心。
接亥忙辭戌，焚香喜弄琴。
懷幽遊大塊，釣月且閒吟。

右六左八 李玲玲

橫窗疏影瘦，至日伏群陰。
月冷高空望，霜寒野色侵。
宵長思遠道，鳥倦返深林。
祀祖湯圓享，更懷千里心。

左七　翁惠贎

遠山黃葉林，凝睇感難任。
落寞隨風至，吁嘘閉戶深。
年華空弄擲，世事冷沈吟。
野老青春逝，桃源寄夢尋。

右八　姚啓甲

屯峰天地懾，凜冽感懷深。
應是陽和起，因何暗凍侵。
英雄迷逐鹿，君子愛鳴琴。
欲拾身心靜，時吟大雅音。

左九右避　余美瑛

中天陰至極，短晷上高岑。
客子山河遠，他鄉日月侵。
霜風吹竹起，梅信悅龍吟。
正有湯糰宴，能無歲暮心。

右九　鄭景升

微陽初動靜，遠色半晴陰。
山意延清賞，風聲帶冷吟。
偶懷藤下句，遙想竹邊琴。
更待春消息，重來續好音。

左十　林志賢

陽明宜放眼，歲近獨登臨。
花草時爭秀，河山多負心。
青春猶可盼，愿景本難尋。
一股還鄉意，北風寒不禁。

左十一　陳文識

倏忽江流晚，踟躕日影沈。
輕波推柳岸，陣鳥撼松岑。
往事空憐愛，真情但寄吟。
融風生淑氣，獨嘯豁胸襟。

右十一

楊維仁

憑高冬至日，遠眺自沉吟。
節氣頻更替，風光又浸淫。
滔滔流歲月，朗朗豁胸襟。
如此江山美，休教掩晦陰。

左十二右十三

王文宗

日短佇高岑，山河一片陰。
虛言遣國步，假訊惑民心。
藍綠難凝聚，豺狼易入侵。
初陽期破暗，獨立勢駸駸。

右十二左十三

林長弘

短晷驚時換，陽生冷更侵。
葭浮初朔意，芳思滿詩心。
日月催人老，春秋入夢深。
何勞榮辱問，漫待歲星臨。

左十四

林瑞龍

歲末陰陽轉，寒風霜鬢侵。
至親歸淨土，故里長荊林。
回憶當年笑，重溫何處尋。
客居迎令節，遲暮感難禁。

右十四左十五

張富鈞

節序催人老，樓高怯獨臨。
眼隨冬雨澀，鄉共遠雲深。
寥廓江湖事，蕭然鹿馬心。
一陽今復始，何日掃晴陰。

右十五

姜金火

葭飛冬至到，遙望夕陽沉。
歲月催人老，年華笑我今。
雲遊思故里，霞落起歸心。
舊夢難追憶，炊煙何處尋？

次唱詩題：清吟，七絕，八齊韻
左詞宗：王文宗先生
右詞宗：何維剛先生

左元右元　楊維仁
縱無圓潤透靈犀，自把衷懷付詠題。
詩海遨遊知渺小，不須壯氣掃鯨鯢。

左眼　余美瑛
絲竹不如人吐響，醉吟孤詠氣如霓。
情心直入詩詞眼，韻轉聲迴眾自迷。

右眼左花　張民選
歲寒山靜凍雲低，放膽高吟李杜題。
遣興開懷排鬱悶，有詩無酒醉如泥。

右花左十三　張富鈞
閣東高照繡簾低，山徑遙遙沒馬蹄。
夜半清吟誰解得，一勾新月映清溪。

左四右十二　林瑞龍
迎曦閒步景溪隄，最愛隨心詠古題。
野鳥無機來伴唱，怡然相悅意离迷。

右四左十　吳莊河
獨抱枝頭日照西，蟬琴向晚發無題。
臨風喚醒騷人興，隨意吟哦韻不齊。

左五　黃言章
輪轉洪鈞寒氣淒，滿腔熱血不停提。
詩詞閒咏無琴醴，嘹亮清音到彼隄。

右五

陳麗卿

采蘋吟唱出靈犀，妙化如神物我迷。
雲外飛禽忘振翅，為聽清韻落長隄。

左六

陳麗華

竹外寒梅歌一曲，無邊逸興自沉迷。
塵心我亦清如水，不廢吟情月可稽。

右六左七

詹培凱

嫩葉嬌花春色低，山嵐漫漫遠鶯啼。
吟哦古調閒如我，大塊樂章應自迷。

右七

李玲玲

傷堯望遠日斜西，世事如棋意轉迷。
閑賦舒懷又何奈，清商一曲遏雲霓。

左八

姚啓甲

氣爽身輕暗詠啼，惟喉未潤似鳴雞。
滋唇再試吟金玉，喜送清音樂眾黎。

右八

甄寶玉

淡水悠悠日已西，同乘鐵馬過長隄。
迎風輕唱詩詞曲，聲韻幽揚興不低。

左九右九

吳身權

抑揚天籟調高低，八步占成染翰題。
偶縱清狂君莫笑，詩心自是與雲齊。

右十

翁惠貹

蕭蕭雨夜味清淒，漸覺心潮轉暗迷。
冷淡世情何勢利，不如歸去詠雲霓。

左十一右十五

林長弘

窗外寒聲樹影低，心閒遣興詠詩題。
若非物盡蕭條意，豈待嬌鶯自在啼。

右十一左避

王文宗

濁世名場易染泥，心中自有祕桃蹊。
東籬舒嘯忘歸處，不覺斜暉已指西。

左十二

吳秀真

素蕊冬梅綻嶺西，高吟三友意清兮。
俗塵愁鬱隨雲去，恬淡聲中一脈迷。

右十三

李柏桐

靜蘊清心足氣提，迴腸起伏轉音稽。
高卑緩急山溪水，曲直人生自彩霓。

左十四

陳文識

飛花片片落寒溪，策杖山林百步梯。
回首蒼茫雲亂起，登高感賦日頭西。

右十四

許澤耀

山中高士夜靈犀，林下聲聲染翰題。
空谷寂寥迴復響，月明宛轉下長隄。

左十五

洪淑珍

偷閒半日出郊西，喧暖冬陽野雀啼。
我抱清懷塵鬧外，欲尋好句付囊奚。

天籟吟社己亥年春季例會詩作集錦

二〇一九年三月十日於三千貿易教育中心
首唱詩題：留春，七律，十三覃韻
左詞宗：李知灝先生
右詞宗：陳麗華女史

左元右元 洪淑珍

風信匆匆欲廿三，賞遊人我興猶酣。
柳颺綺陌烟含翠，鴨戲平川水漾藍。
方歎青春難久駐，偏聞杜宇感何堪。
思將沽取傾城酒，薦與東皇不動驂。

左眼 張富鈞

枝上十分看再三，致書青帝倩停驂。
紅芳纔綻忍教落，碧水正盈留待探。
天道常生成懊惱，花鈴久綰為癡憨。
春華漸漸知終老，心底眉間總不甘。

右眼左十四 王文宗

滄桑歷遍事俱諳，櫻墜泥紅淚眼探。
漸逝繁華無計挽，難拋寂寞有誰談。
通篇翰藻存流景，一點春心鎖寶龕。
待得垂頭新白髮，西窗秉燭味回參。

左花右八 林瑞龍

九十韶光興正酣，萋萋芳草綠於藍。
穿花蛺蝶遊堤岸，點水蜻蜓戲野潭。
青帝若宜長駐駕，柳條不必挽歸驂。
蓬萊四季如春好，且喜無須憂再三。

右花　翁惠貹

東皇漸遠我先諳，欲挽人言一味憨。
長駐韶光曾未有，短留春色亦難貪。
惟期與景欣同享，不願失時悲獨探。
四序循環原是律，如今身老竟何堪。

左四右十五　林　顏

番風廿四柳毿毿，為挽東皇勸再三。
花落絮飛春欲去，鶯愁蝶怨夢難酣。
韶光易逝須珍惜，綺景無多好共探。
但願曉鐘催莫急，依依臨別盼回驂。

右四左十　吳莊河

節序遷移未飽諳，風光暗換欠幽探。
落花吟處情無極，越鳥歸時思不堪。
欲住殘香裁秀句，誠留晚蕊伴清談。
更祈華表春長駐，一賦新詞挽再三。

左五　周福南

鶯愁蝶怨惜青嵐，計挽芳辰草色涵。
天籟敲詩非送翠，國賓勸酒共春酣。
風飄萬點豪情在，花落千枝雅興耽。
但願東皇歸莫急，悠然節序沐恩覃。

右五　張民選

傷心忍痛別春酣，飛絮殘花見那堪。
送翠車潮晨至夜，留芳人海北縣南。
子鵑聲咽愁難切，蝴蝶情癡怨不甘。
二四番風尋妙法，延長無計愧為男。

左六　蔡久義

計挽東皇獻酒酣，賞春未盡喜悲參。
花飛萎謝鶯聲老，絮落飄零燕語惔。
淑氣融和朝夕伴，文情勃發日時耽。
今將留月天章奏，暫繫金烏鎖翠嵐。

右六左十一　甄寶玉

和風淡蕩起晴嵐，舒柳開花拂碧潭。
無奈韶光隨逝水，端知東帝急歸驂。
及時遊賞閒愁散，莫負行吟逸興耽。
心有青蒼春自在，白頭不怯夢猶酣。

左七　吳身權

杏雨梨雲逸興酣，帶醺還欲繫春驂。
零香紛落隨風舞，翠色綿延附葛覃。
去歲曾緣詩酒誤，新朝但恐序時耽。
添杯留得韶華好，再醉花間共影三。

右七左十五　吳秀真

極欲留君君不耽，殘紅無數落銀潭。
風前幾度花間護，月下千愁肩上擔。
已逝青春難挽駐，忍教厄劫再臨探。
東皇可否歸期緩？楊柳多情拂岫嵐！

左八　林志賢

臘盡寒羞山淡嵐，信風有序百花探。
多情人事依依去，老骨炎涼款款參。
秀色此時閒處看，英姿昔日酒中談。
青春莫怨無留意，記取芬芳心底甘。

左九　周麗玲

欲把嫣紅藏蕾含，東皇怎奈拒相參。
胭脂厚抹增顏色，雷射輕除減不堪。
植被牛山林茂密，澄清魚目宇鮮藍。
雕修美化偷時樂，若保童心真永涵。

右九　楊維仁

戀戀佳辰景氣酣，強留春步不為貪。
千堆錦繡紅兼紫，三月煙光綠映藍。
豈奈暄妍顏易老，願教繾綣韻深涵。
我心欲綰韶華駐，卷帙芬芳是所耽。

右十左十三　姚啓甲

庭前嫩草出泥探，紫陌嬌紅世未諳。
日暖陽和詩興動，雲閒天澹酒腸酖。
聽鶯賞蝶催佳句，拾翠尋芳樂漫談。
欲鎖東風多逸趣，逍遙自在學莊聃。

右十一左十二　黃言章

歲首履端青帝參，鷗朋騷客喜常談。
韶光明媚鴻鈞漫，瑞氣清新大塊函。
群鳥適時聲嘵嘵，百花此際氣馣馣。
思歸九十何方去，仙境流連祈永耽。

右十二　陳碧霞

傾觴賞景坐清談，瞥眼層巒盡蔚藍。
竹綠新芽生屋北，梅香冷蕊綻枝南。
黃鶯沐雨慇勤唱，細柳隨風柔媚參。
日暮長虹霞絢錦，如梭歲月怎藏酣。

右十三　何維剛

漣漪映暖亂清潭，煦煦熙光掃翠嵐。
過眼朝風更花雨，飛寒漠北又江南。
難烹春色滋詩骨，徒釀韶光付笑談。
新綠縱肥增熱鬧，凌枝不減一紅酣。

右十四　劉坤治

花落花開總太憨，欲無嗔愛學瞿曇。
青含煙景情千萬，墨染詩箋筆二三。
莫饗吟魂宜痛飲，憶曾舊雨共雄談。
何須強作留君計，賦得篇章可自酣。

次唱詩題：春夜，七絕，二蕭韻
左詞宗：余美瑛女史
右詞宗：楊維仁先生

左元右九　林　顏

寒侵夜榻慰無聊，暢飲屠蘇雅侶邀，
剪燭莫談來日事，論文煮史樂逍遙。

右元左十　張民選

風和花靜坐春宵，雨滴空階破寂寥。
好是更闌人不寐，萬波詩思正來潮。

左眼右四　劉坤治

微雨春寒夜寂寥，孤燈伴影苦相邀。
詩魂獨繫滄桑事，小酌清吟醉一宵。

右眼左十五　何維剛

滴階春雨黯魂銷，蛩噤燈寒鎖寂寥。
花晚想來搖落盡，免從芳客媚嬌嬈。

左花　李玲玲

花籠月影暗香飄，古冊神遊慰寂寥。
夜靜春深寒料峭，香醪暖被共良宵。

右花左五　陳碧霞

料峭燈寒韻事饒，窗前新綠雨餘嬌。
鏡中華髮隨年改，滴漏闌珊入夢遙。

左四右七　吳身權

花間對月立中宵，送暖柔風織柳條。
須惜春光容易過，當歌把酒自逍遙。

右五　陳麗華

節逢三月晚寒消，月在花前景色饒。
欲借一杯增詠興，卻教飛絮把情挑。

左六　　吳莊河

端寒夜冷客來嬌，煮茗爐邊意自撩。
當酒暢談香滿室，提神覓句醉春宵。

右六左七　　周福南

春寒料峭百花嬌，風送竹聲酌酒澆。
夜靜空階楊柳月，一觴一詠啓良宵。

左八　　謝武夫

東風喚醒百花嬌，驚蟄星空夜燦遙。
幾許春秋虛渡過，及時努力惜今朝。

右八　　陳文識

寒風細雨倍清寥，暫借詩心濁酒澆。
忽見窗前花影動，原來綠意正扶搖。

左九　　林志賢

慣常春夜雨瀟瀟，仗有書茶伴寂寥。
一從大地添妝後，陌頭尚未賞花嬌。

右十　　周麗玲

明月環虹竹影搖，寒風細細入窗寮。
燈前滑讀君留訊，靜穆冰心起浪潮。

左十一　　黃言章

春宵一刻值高飆，佳什騷人早述描。
嘉醴甘肴花月共，韶光切莫怨無聊。

右十一左十四　　翁惠甡

春臨夜靜作逍遙，微醉行歌俗慮消。
太白花前能舞影，舉頭今望謫仙邀。

左十二右十四

吳秀真

春來物候盡妍嬌，趧赴瓊筵逸興飆。
月暈幽庭樽酒契，放懷暢飲趁今宵。

右十二

歐陽開代

蓬島綠藍權鬥囂，黎民無奈幾杯澆。
沈沈春夜何時曉，天下太平吹玉簫。

十三

姚啓甲

風輕花影帶香飄，夜靜無邊獨弄簫。
欲共佳人春夢起，德音漸響亂芳宵。

右十三

詹培凱

樓前天際月迢迢，獨沐清輝花更嬌。
春駐人間似年少，明朝隔世豈逍遙。

右十五

林長弘

序換更深凍露飄，重簾花雨漏聲跳。
東風律動香眠夜，明月參差入夢嬌。

天籟吟社己亥年夏季例會詩作集錦

二〇一九年六月九日於三千貿易教育中心
首唱詩題：夏蹤，五律，十四鹽韻
左詞宗：陳建男先生
右詞宗：楊維仁先生

左元右花 洪淑珍

榴花紅映日，樹蔭見濃添。
遠近蟬調韻，差池燕傍簷。
芰荷呈綠淨，雷雨褪朱炎。
有客南窗倚，風輕蝶夢甜。

右元左五 吳身權

節時過立夏，瀛臺暑未炎。
桐花漫野徑，梅雨潤蒼黔。
深院槐初綠，清池荷尚尖。
蛩聲穿柳蔭，眠晝亦酣甜。

左眼右六 陳麗華

晝景堪逃暑，遊程理趣兼。
荷香人易醉，竹韻筆難拈。
澗冷生秋意，溪深滌夏炎。
塵機消已盡，旅夢思偏添。

右眼 鄭景升

梅雨初開幕，桐花徑入簷。
熱情行處是，冷韻靜中添。
向夕風逾爽，得時瓜正甜。
何妨茶一碗，坐到月窺簾。

左花　林長弘

花銷辭淑氣，宵短日長漸。
梅雨流春逝，南風引夏炎。
荷開魚戲水，蟬噪鳥穿檐。
好句騎驢覓，逍遙且莫嫌。

左四　劉坤治

庭前雷雨歇，爽氣坐來添。
蟋蟀時鳴壁，流螢乍入簷。
微吟知有意，高臥聽無厭。
風斂雲收處，波澄鏡出奩。

右四左十三　張民選

暑氣催時序，東山好避炎。
石橫溪弄曲，林密影穿簾。
竹下搖床樂，荷邊對弈恬。
奚囊連日滿，歲月不知添。

右五左六　吳秀真

杜宇啼聲斷，南風暗入潛。
荷新嬌欲滴，梅熟暑尤添。
已脫春衣去，猶將溽氣沾。
尋涼潺碧水，塵滌自安恬。

左七右九　林　顏

郭外薰風送，清和翠色添。
荷塘花艷麗，瓜圃果香甜。
嘒嘒新蟬噪，喃喃乳燕瞻。
更欣梅雨後，水沛惠蒼黔。

右七　林瑞龍

春去何其速，驕陽高照炎。
蟬鳴清曉急，蛙鼓暮昏添。
梅雨方臨户，荷香已入簾。
自然交響樂，造化彩圖兼。

左八　　陳文識

曲陌薰風動，平疇麥浪添。
啾啾鳴鳥脆，密密卷雲漸。
席地桐花落，沿階竹葉霑。
倚松觀暑氣，山雨忽涼炎。

右八　　翁惠貺

梅雨逐春潛，初晴夏入簾。
居人拋厚服，行客著輕縑。
避暑圖消慮，乘涼好養恬。
季移何用告，欲曉一心纖。

左九　　李玲玲

春事無蹤覓，天涼忽轉炎。
荷盈香冉冉，梅熟雨纖纖。
嫩籜凌雲出，佳肴喜宴添。
高懷豈堪剪？寂景挹虛恬。

左十右十　　陳碧霞

日暮薰風起，庭中賞玉蟾。
白花延竹架，青蔓映疏簾。
促膝情何逸，談心興倍添。
夜深蟬愈躁，嘒嘒豈趨炎。

左十一　　周福南

蛙鼓蚊雷起，蟬聲訴夏炎。
荷香三伏暑，槐雨五更霑。
赤帝司權盡，南薰促駕添。
沁心歌一曲，瀲灩蕩銀蟾。

右十一　　許澤耀

大地暑蒸炎，驕陽翠色添。
乍涼衣物薄，還暖體膚黏。
市鬧薰風拂，庭幽驟雨霑。
待迎端午過，仲夏入珠簾。

左十二右十四

梅殘蜂怠惰，暑氣雨中兼。
紫陌疏蟬噪，綠蕪狂眼簾。
敲冰茶冷淡，處世夢酸甜。
快意當需盡，腰圍一任添。

何維剛

右十二

回望春風去，來時日愈炎。
山行消暑氣，雨落沁心恬。
麗景看無敵，詩情畫不嫌。
雲遊多趣事，盛夏也涼甜。

張素娥

右十三

妾意留春住，熏風濕汗黏。
炎威緣夏立，暑氣自南潛。
赤帝真蹤顯，榴花照眼恬。
司權情理法，可不惹人嫌。

吳莊河

左十四

爍日尋幽境，何方可養恬。
山林勤習靜，塵世厭趨炎。
求識輞川客，祈鄰五柳髯。
不堪玄鬢噪，笑望白雲添。

姚啓甲

左十五

孟夏尋幽處，澄波可避炎。
武夷山秀麗，九曲水清恬。
逸享溪光滿，神馳嶺色兼。
優游憑竹筏，笑語喜多添。

甄寶玉

右十五

早市荔枝甜，微酸色味兼。
溫高人懶散，氣濕汗漿黏。
綠筍尋鮮嫩，黃梅待熟醃。
常逢雷陣雨，帶傘避淋霑。

謝武夫

次唱詩題：桐花，七絕，四支韻

左詞宗：張民選先生

右詞宗：劉坤治先生

左元右花 洪淑珍

漫空冷艷入望奇，如罥輕紗一美姬。
長盼清香飄自在，不教搖落向風姨。

右元左六 鄭景升

落瓣翻成雪舞姿，風情生就夏初時。
自憐春去無人惜，留與青山一片詩。

左眼右五 陳碧霞

飄飄花雨美嬌姿，妝點山頭似雪披。
古道林間隨意舞，重重心事那人知？

右眼 蔡久義

夏初落雪映哀悲，花影含冤節氣馳。
訴苦蒼皇天理論，竇娥洗刷現桐姿。

左花 吳秀真

瑤華凝似白盈枝，曼妙輕靈爛熳姿。
舞絮南風紛著墜，素心片片惹相思。

左四 李玲玲

覆白山頭五月時，如花似雪費猜疑。
穿梭啼鳥聲聲喚，細蕊嬌柔莫怨離。

右四左五 王文宗

白雪青山五月時，遊人雅賞絮風吹。
梅貞芍艷渾難比，一地花泥自有詩。

右六左七

吳身權

似雪清芬綻滿枝，荒山野徑日遲遲。
不隨桃李爭春色，獨向薰風任所之。

右七

鄞　強

五月花如雪影吹，於斯煙景入篇詩。
騷朋薈萃探幽趣，攬賞風光賦妙詞。

左八右十二

甄寶玉

五月山中有逸姿，飄飄如雪莫猜疑。
分明點綴清幽徑，惹得遊人半醉痴。

右八

張素娥

五月山城白雪麾，微炎初夏有涼姿。
清風輕送尋幽客，到訪年年一字癡。

左九

楊維仁

日暖風熏四月時，郊山點綴雅如詩。
遊人豔羨紛飛雪，仰首凝觀意已癡。

右九

張家菀

虛空散出碎琉璃，澹白旋成冷韻詩。
疑是新晴迴皺雪，人間蕭索暫相宜。

左十

詹培凱

山林無主我來遲，幾簇白英開幾枝。
塵累猶拋圖一醉，何須掃徑落花時。

右十

許澤耀

薰風習習透梧枝，瑞雪飄飄滿野茨。
仲夏浪漫紛踏至，無邊秀色賞心怡。

左十一　姚啓甲

五月花飄似雪吹，添涼去暑展仙姿。
祈君樹下多吟詠，天女尋凡共賦詩。

右十一　康英琢

桐花五月遍欉枝，正是蟬聲伴奏時。
喜迓觀光遊玩客，登山拍照賦新詩。

左十二右十五　陳文識

櫛風沐雨不吾欺，昂首含霜綽約姿。
磨礪清心冰片片，一朝廣放疊新詩。

左十三　林長弘

五月花開幻雪肌，峰山曠野寄幽姿。
風吹浪捲搖香徑，簇簇晶瑩景色奇。

右十三左十四　陳麗華

愛他淡白清無染，五月雪飛呈異姿。
信是有心香惹夢，爭教夾徑逗晴曦。

左避右十四　張民選

槐綠山頭白雪疑，花開不夜客潮馳。
風來銀絮婆娑舞，美似天仙下鳳池。

左十五　謝武夫

滿山翠綠鳥先知，壓樹堆雲似雪姿。
山線沿途時怒放，踏青來訪客花姬。

天籟吟社己亥年秋季例會詩作集錦

二〇一九年九月八日於福容大飯店台北二館
首唱詩題：試茶，七律，十五咸韻
左詞宗：曾金承先生
右詞宗：張民選先生

左元右六　蔡久義

初試春茶韻不凡，聞杯細品舌甘銜。
煙溪苾勃含靈氣，繡嶺芽萌襲碧衫。
且效盧仝傾七椀，孰承陸羽論三函。
風生兩腋吟情發，愁解神清俗慮芟。

右元左十一　劉坤治

夜深涼月添佳興，無限騷懷亂不芟。
坐聽松聲烹活火，靜看燈影照青衫。
烏龍初瀹新泉試，紫硯閒磨宿墨摻。
百結枯腸思一潤，喚將甘露濯塵凡。

左眼右眼　姚啓甲

欲賞新芽要謹嚴，清泉嫩葉火良杉。
初探雀舌回甘味，再品烏龍解渴饞。
我飲一甌歌歲月，君煎七碗遠塵凡。
湯中不見烏紗帽，莫醉利名來惹讒。

左花右十二　余美瑛

斜陽薄霧半峰嵒，霽雨茶煙繞碧杉。
色淡澄黃先苦口，香延陣縷繼甘咸。
一壺春意煎松火，兩腋清風渴肺饞。
雀舌龍芽團眼小，秋來淺試不同凡。

右花　林　顏

試啜新芽味色咸，津津解渴爽心嵌。
盧仝七碗吟情逸，陸羽三篇雅意銜。
凍頂烏龍香可愛，文山包種品超凡。
回甘喉韻多誇好，國際行銷啓錦帆。

左四右八　林長弘

欲探新芽雅興銜，珠泉魚眼泛呢喃。
一甌喉潤回甘度，七碗胸含感慨摻。
醒覺人情多冷淡，舌嘗世味有酸鹹。
香津啜飲心涼爽，解渴提神自不凡。

右四左五　陳麗華

欲瀹雲腴臨露井，煎茶汲水涴青衫。
箇中滋味香誰識？身外功名思自緘。
初試一甌聞若渴，又嘗三碗嗜如饞。
豈唯啜罷風生腋，更覺神清喜氣咸。

右五左八　林瑞龍

月映疏簾暑氣嚴，親朋烹茗笑杯銜。
龍芽解渴精神爽，雀舌含唇鬱悶芟。
七碗苦甘嚐世味，一爐冷暖識塵凡。
幾甌相對談時局，漸落長河口未緘。

左六　鄭景升

靈芽見說出雲巖，雪粒深知韻不凡。
摘處獨憐山寂寞，焙時應有燕呢喃。
小傾春色初盈碗，暗發清香欲惹衫。
一啜誰憐鄉念動，只從餘綠憶青巉。

左七右七　黃言章

品茗嚐評宜守嚴，試茶要領莫輕芟。
水溫沸滾容煙散，湯冷微涼再口銜。
雀舌龍芽知擇好，苦甘鮮澀識封饞。
盧仝名句將牢記，七碗生風飛錦帆。

左九右十一　張富鈞

仙人遺我片山巖，碎處寒雲猶未芟。
自洗鐵鐺烹蟹眼，小揮蕉扇濕輕衫。
松風清響堪銷睡，霧腳深情亦解饞。
也學一麾江海去，蓬瀛島上望秋帆。

右九左十二　何維剛

錯落雲端別遠讒，千叢翠碧繞溪巖。
涵濡雨露春兼萃，妝點星輝夢合摻。
盞裡溟濛山趺宕，舌尖恍惚雀呢喃。
滿鐺宜最天河水，苦盡餘甘洗俗凡。

左十　楊維仁

聞說春心出碧巉，烹來初試韻非凡。
嵐光隱約黃微淡，野色渾融綠未芟。
明似月華低綺户，暢於風勢快輕帆。
一甌盈貯溫存意，堪比瓊瑤在玉函。

右十　吳秀真

凍頂新芽獨不凡，清泉活火氣香摻。
茶湯試啜禪心養，甘味入唇喉韻銜。
嗜效盧仝斟七碗，方承陸羽合三緘。
嚐鮮一晌千愁解，最愛烏龍阿里嵒。

左十三　王文宗

欣收造化寄瓊函，沸沸揚湯試啓緘。
欲把銀壺傾琥珀，卻盯碧葉綻幢帆。
清香舌澀茶初啜，醇釅喉餘盞再銜。
天地苞藏人世味，誠知甘苦伴相攙。

右十三　翁惠甡

品茗嚐新喜字銜，潤喉來興伴詩摻。
烏龍淡雅香先撲，普洱深醇味不凡。
陸羽著經存奧理，盧仝走筆去囂讒。
烹茶啜飲今成習，欲戒傾杯語自喃。

左十四

洪淑珍

石泉曉汲自幽巖，閒坐烹新破茗緘。
浮碧翻花芳韻散，入喉平氣俗紛芟。
一壺靜品通靈竅，微汗漸生沾葛衫。
甘潤飽含天地氣，箇中三昧妙非凡。

右十四

鄭美貴

瀹茗專精審視嚴，坪林包種美名銜。
茶湯油亮甘香溢，葉底肥鮮色味函。
舊焙溫和消俗慮，新芽芳馥濕青衫。
三杯降火禪心定，知足人生喜樂咸。

左十五右避

張民選

為品新芽越絕巖，清香滿谷鳥呢喃。
玉泉烹茗貪乘興，甘露舒喉醉解饞。
數片遣愁禪味悟，半甌消渴寓情銜。
睡魔驅退縈詩思，神爽無知月映衫。

右十五

葉世榮

坪林品茗感非凡，台產堪稱屬首銜。
細飲為來分甲乙，通知同好寄書函。
三經陸羽遺名著，七碗盧仝莫笑饞。
嗜酒者云聊當酒，未諳奧妙總包咸。

天籟吟社己亥年冬季例會詩作集錦

二〇一九年十二月八日於三千貿易教育中心
首唱詩題：邀飲，五律，一東韻
左詞宗：張柏恩先生
右詞宗：吳身權先生

左元右眼　楊維仁

相約平生友，清歡醞釀中。
把杯溫舊夢，煮酒話初衷。
莫恨鬢添雪，翻教顏轉紅。
青春回首望，陶醉與君同。

右元左五　鄭景升

難期唐逸韻，且逐晉賢風。
興發須浮白，吟狂趁醉紅。
市喧鷗渚外，霞釀我山中。
何不拋塵想，相攜就竹叢。

左眼右十一　甄寶玉

仲夏小兒喬遷邀飲
喬遷欣宴客，邀我小樓東。
書卷新篁影，琴音菡萏風。
調羹分老少，把酒說窮通。
笑語焉能遏，天倫月色融。

左花右七　陳麗卿

朋招同暢飲，挈眷返瀛東。
今幸團圞月，私慚酩酊翁。
忘機千唱引，醉佛百觴攻。
濁酒奚嫌濁，酣餘情忒融。

右花左九

別緒寓童蒙，醇邀白髮翁。
佳肴猶舊味，盛意似新烘。
老酒三杯盡，浮生萬慮空。
醺酣今日後，幾度醉顏紅？

王文宗

左四右避

置酒邀君飲，情酣興不窮。
分樽爭笑罵，快意決雌雄。
且惜冬宵短，當憐歲月匆。
醺來同把盞，高唱大江東。

吳身權

右四左十四

秋中邀月飲，把酒問西風。
太白金壺醉，淵明菊蟻濛。
人生求稱意，世事望圓融。
漫酌胸懷釋，何愁一切空。

林長弘

右五

秋日映丹楓，邀朋小酌融。
珍饈迎雅士，佳釀佐豪風。
酩酊詩情勃，攤箋覓句豐。
期頤鷗侶健，觴詠愜和衷。

周福南

左六右六

筵開知友集，薄醉樂融融。
燈下談時局，樽前話世風。
香江祈治切，鯤島望安同。
莫管滄桑變，相期不老翁。

林瑞龍

左七

莫嘆知音少，人歸玩味同。
千杯期老友，百感緬初衷。
引頸來回渡，分心零亂攻。
開懷迎客至，醉後各西東。

張素娥

左八

水星凌日事，宇象異天雄。
陽月催籬菊，丹霜染碧穹。
觀奇兼琥珀，集句倚梧桐。
知子欣豪飲，能邀共雅風？

余美瑛

右八

邀宴拒無功，酒酣顏半紅。
主人情惓惓，朋輩樂融融。
太白謳狂句，陶潛訴曲衷。
交懽無彼此，醉趣話難窮。

翁惠貹

右九

春甕當開日，招朋飲閣中。
森嚴傳酒令，慷慨暢情衷。
燈下歡顏美，盞邊吟興雄。
芬芳酣滿座，相笑頰飛紅。

洪淑珍

左十

瓊漿招爾酌，一飲萬愁空。
酒淡情生厚，杯深面染紅。
樽前能醉客，壺裡出豪雄。
後會知誰健？相看盡老翁。

姚啓甲

右十

約來三五友，品茗志相同。
碗續盧仝七，經研陸羽中。
殷勤留雅客，對煮趁松風。
笑當杯杯酒，交情快樂融。

葉世榮

左十一

歲暮日溟濛，蝸居萬念空。
翻書神困倦，對酒氣盈沖。
欲飲紅楓下，相談碧檻中。
歌吟今古事，醉笑請君同。

陳文識

左十二右十四

不懼天寒冷，閒情雅趣隆。
誼聯詩句外，契託酒杯中。
小聚邀知己，深談話素衷。
觥籌交錯雜，暢飲樂融融。

林　顏

右十二

主人真愛客，招我話雕蟲。
促飲盈缸酒，邀歡滿座風。
杯殘情未盡，詩就興難窮。
更向斜陽外，豪吟氣吐虹。

陳麗華

左十三

更深月色朦，把酒比鄰翁。
快語情何限，狂歌時有窮。
觥中輕將相，醉裡論英雄。
莫道難平事，應如過眼虹。

吳宜鴻

右十三

偶來招共飲，輕騎上貓空。
坐席情多逸，吟鞭樂未窮。
詩成樽酒後，賦就笑談中。
聚散元難定，杯深幸與逢。

劉坤治

左十五

壺漿迎雅客，契合頌吟風。
談笑聲情切，文章志念同。
詩才尊老輩，酒量比英雄。
酣讌勤相勉，黃金滿冊中。

張民選

右十五

環翠芳庭宴，相邀滿漢宮。
青春身記歷，往事話難窮。
白髮驚雙鬢，雄心逐半風。
一杯猶在手，歡聚又匆匆。

陳碧霞

次唱詩題：冬景，五絕，二蕭韻
左詞宗：洪淑珍女史
右詞宗：鄭景升先生

左元右七　林長弘
始凍山容瘦，霜寒野色燒。
庭前人曝背，煮茗與冬聊。

右元左避　洪淑珍
雲物凝寒意，修篁翠不凋。
南枝消息近，細細暗香飄。

左眼右四　吳莊河
萬瓦凝霜白，松梅竹不凋。
冬心甘耐冷，勁節得干霄。

右眼左四　李玲玲
玄冥重嶺逼，大塊意蕭條。
凛冽三農息，唯看松柏驕。

左花右十二　李正發
朔風如利劍，千嶂漸蕭條。
溫室無寒意，依然發嫩苗。

右花左五　吳身權
風高憐冷月，梅綻適良宵。
暮色千家火，溫馨解寂寥。

右五左八　林瑞龍
水結霜凋木，號空徹骨飆。
峰巒煙霧罩，松柏向陽翹。

左六右十三

庾嶺梅初放，崚峰白雪飄。
騷朋歡踐約，覓句去寒潮。

蔡久義

右六

忽驚今歲暮，冬雨徹寒宵。
野靜嚴霜降，冰心偶見招。

劉坤治

左七右十四

落葉滿天飄，心寒未易消。
移情尊酒酌，太白或能招。

翁惠貹

右八

雲濃風力勁，木落半蕭條。
為睹紛紛雪，焉辭玉嶺遙。

甄寶玉

左九右九

天寒草木凋，百景入空寥。
客子徒興嘆，歸鄉去路遙。

吳宜鴻

左十右十

梢頭碧漸凋，鎮日雨瀟瀟。
酒抵三冬力，深杯慰寂寥。

林宸帆

左十一

清絕寒花豔，浮雲逑寂寥。
晴光能慰我，雀鳥故相撩。

張家菀

右十一

嶺覆冰霜白，風飆草木凋。
寒中尋暖意，煮酒故人邀。

王文宗

左十二

雲潭涵霽色，風勁凜寒飆。
殘菊餘香歇，何堪畫筆描。

陳麗華

左十三

青山銀雪雕，野寺冷清寥。
孤客門前立，馨香繚繞飄。

周麗玲

左十四

冬來初破蕊，疏影暗香撩。
傲骨難遮掩，幽寒氣節饒。

吳秀真

左十五

歲暮起寒潮，梅開玉蕊嬌。
滿城鑼鼓響，蓬島選賢燒。

周福南

右十五

臘月寒風起，籬邊菊影驕。
楓紅添雅景，雪片滿山飄。

康英琢

天籟吟社庚子年春季例會詩作集錦

二〇二〇年三月八日於線上例會
首唱詩題：同舟共濟，七律，二冬韻
左詞宗：林文龍先生
右詞宗：林瑞龍先生

左元右元 楊維仁

噴腥灑沫勢洶洶，四海驚惶禦毒龍。
邦國户門紛鎖鑰，黔黎口鼻各緘封。
漫天風雨橫千里，裂岸波濤險萬重。
吳越同舟攜手渡，亂流穩舵濟災凶。

左眼 莊岳璘

曉風未遣中腸慮，奇禍頻頻是此冬。
東有愆痾侵淨土，南傳回祿擾層峰。
為仁豈止思親族，兼愛無須論國封。
身在瀛寰當互助，四方百姓拾懽悰。

右眼 王百祿

子鼠新春繼苦冬，口遮搶購續長龍。
臺灣抗疫猶收緊，大陸防瘟未放鬆。
異域山川雖可囿，同天風月豈能封。
存亡與共如吳越，左右連枝齊避凶。

註：《孫子．九地》：夫吳人與越人相惡也，當其同舟而濟，遇風，其相救也如左右手。

左花右七

張富鈞

海外疑聲未可從，蓬萊處處早傳烽。
頻遮口鼻諱生死，自試寒溫驗吉凶。
卻病無方惟惕惕，流言可畏是喁喁。
但教攜手商良策，共濟同舟渡此冬。

右花

吳身權

庚子迎春佳氣濃，奈何時疫勢洶洶。
禍緣苛政哀吹哨，病本無情憤舉烽。
感佩護醫齊志守，欣從部院帶頭衝。
瀛臺上下民心熾，誓使新瘟早滅蹤。

左四右四

翁惠貹

國難臨頭愁滿容，驚濤欲弭嘆龍鍾。
除非一體齊心抗，應是眾人同命逢。
休戚相關何密實，和衷共濟莫疏慵。
疫情嚴峻今淹漫，自律深居禦鞠凶。

左五右十四

余美瑛

浩劫人間響警鐘，鄂州病疫竄無蹤。
山川異域傷春色，日月同天見詭鋒。
百業心惶防疾厄，四方醫競止夭凶。
唯當合濟持衡手，能教生民制毒龍。

右五

周福南

神州感染疫情兇，武漢瘟炎遍野衝。
傳產萎靡科技慘，觀光卻步政經慵。
量溫勤洗全民責，篩檢居離國境封。
協力同心防病毒，金甌永固展歡容。

左六右九

劉坤治

鼠年初至復聞兇，盼得春來味不濃。
鬼疫外侵千里撼，神州北望萬城封。
螢前忍下憂時淚，詩裡悲懷問世胸。
瘴海孤舟思共濟，蓬萊幸處慰相逢。

右六　張民選
寰宇如村怎自封，財經科技早相容。
懋遷來往多形跡，文化交流遍影蹤。
利害分擔聲氣合，安危倚賴性情從。
苦甘同渡持觀念，駭浪狂濤亦避凶。

左七右十三　李玲玲
鯤島似船風雨逢，萬民共濟度寒冬。
強權使勢遭孤苦，駭浪捲濤知幾重？
惟賴同仇合心力，方能有志克災凶。
領航欣得英明主，四海暢行情義從。

左八　林志賢
海島如舟浪幾重？時聞隔岸露針鋒。
民心自主為真道，敵愾同仇亦本宗。
牆砌千磚成堡壘，山栽萬木現蒼龍。
國先安定家方穩，歲歲皆敲幸福鐘。

右八　林顏
武漢肺炎華夏衝，蔓延遍地勢洶洶。
居家離隔尤需要，破口嚴防勿放鬆。
國難當前朝野共，疫情遏止鎮鄉封。
全球景氣蕭條甚，風雨同舟度酷冬。

左九　陳麗華
風雨同舟同禍福，誰來拯溺復除凶？
身經險阻心難定，命寄浮沉意不從。
敢謂微生能化鶴，但欣眾力可降龍。
會須攜手咨良策，共為前途一指蹤。

左十　歐陽開代
吳越兵戈怨恨洶，同舟共濟九重從。
南灣民主蛟龍躍，西陸邦強物產豐。
秦嶺長江誇世景，玉山潭影傲巍容。
天藍地綠千鶯唱，萬業昌隆兩岸逢。

右十

吳秀真

時疾横流來勢凶，江城始俑病情封。
可憐吹哨犧牲者，警示宣言燔燧烽。
阻擊疫災群策力，控防擴散菌無蹤。
全球共濟同舟渡，互助資源戰役鎔！

左十一右十七

陳文識

孤舟大海飄萍寄，詭譎風雲駭浪洶。
北斗不移綱紀立，南針既定信行從。
若無義利忠奸辨，豈有存亡善惡重。
但使仁心因古道，驚濤合濟渡千峰。

右十一左十六

洪淑珍

斗柄回寅春接冬，淒清年景斂歡容。
忍聞時疫生民踐，驚衍全球行跡封。
醫護盡心謀濟活，中西研劑助防凶。
我人風雨同情裡，戮力終將毒滅蹤。

左十二右十六

張素娥

烏雲密布亂春蹤，年節何辜吉轉凶。
臨難消愁除豆眼，承平淡定擁寬胸。
山川異域寒光照，風月同天暖意濃。
否極泰來應未遠，輕舟共渡一杯逢。

右十二左十五

姚啓甲

武漢肺炎狂且凶，深憂傳播竄高峰。
黎勤洗手清塵菌，眾盡遮顏絕怯忪。
蠻觸無爭瘟疫遠，野朝同識氣和濃。
並肩除害忘吳越，倍力相增制毒龍。

左十三

蔡久義

武漢肺炎狡現蹤，風聲鶴唳竟城封。
蔓延廣速全球竄，檢疫隔離舉國從。
病毒驅除希指日，同舟共濟掃愁容。
咸知禍患無疆界，力挽狂瀾渡險洶。

左十四右避

林瑞龍

武漢三城雖已封，疫情擴散卻前衝。
全球病例遙聞恐，大陸死亡傳報凶。
護衛人民誠可感，屈從政治實難容。
飄搖風雨和衷濟，破浪天晴百代宗。

右十五

周麗玲

肺炎武漢肆寒冬，庚子新年勢更凶。
詭譎陰風潛境速，驚惶黑霧蔽天濃。
仇疑盡可煙消影，吳越終能肩並容。
莫獨有司憂社稷，更需朝野蹈相從。

左十七

吳宜鴻

天患人災接幾重，命中應與孛羅逢。
病符頻現充寰宇，福禍相連自季冬。
非典纏心磨傲骨，輕紗罩口易愁容。
想來庚子邦多難，眾志能將疫癘封。

左十八右十八

林長弘

庚子頻傳瘴毒蹤，全球肆虐疫情兇。
醫師奉獻安危戰，護士犧牲利害衝。
道義關懷齊力助，生存瞬息眾心從。
素齋口罩居家隔，共體時艱不放鬆。

左十九右二十

王文宗

眇眇孤舟遇惡龍，推濤作浪一重重。
同君有命圖存續，與爾無援共吉凶。
我輩齊心如穴蟻，何人借膽惹巢蜂。
鬩牆禍事多殷鑑，豈可輕忘步舊蹤。

右十九

陳碧霞

武漢肺炎何現蹤？今春擴散疫情衝。
誰知病毒人工製？乍覺寒心口岸封。
解藥燃眉祈速速，經商斷鍊阻重重。
昂頭擕手降魔咒，入夏溫高盡滅凶。

左二十　鄞強

防疫殷勤意義濃，吾儕應合配吾儂。
同心亦得相提勸，協力猶宜互忍容。
正值非常終克苦，當能奮勉又謙恭。
慈航普渡排艱困，您我康寧磊落胸。

次唱詩題：草莓，七絕，十一真韻
左詞宗：林長弘先生
右詞宗：洪淑珍女史

左元右十四　楊維仁

玲瓏小品應時珍，顆顆紅鮮漾錦春。
嘉果不惟顏色好，內涵深味蘊芳淳。

右元　李玲玲

遠離故土事新人，紅臉嬌柔潔白身。
代代丹心園圃薦，名遭辱族卻難伸。

註：草莓原為北美的弗州草莓及南美的智利草莓，後在法國進行雜交繁殖。是現在栽培最廣泛的草莓品種。

左眼右七　張家菀

珊瑚錯落綠苔茵，曲折芳心委市塵。
玉椀盛來紅琥珀，胭脂嚼破美人身。

右眼左十三　張富鈞

晶盤捧出艷紅身，一笑猶思寄遠人。
入口酸甜君識否，蓬瀛已是十分春。

左花右五

吳身權

滿園行畝綠成茵，點綴香甜粉嫩身，
許是楊妃初醉酒，潤圓紅艷似佳人。

右花

蔡佳玲

飽歷寒霜點絳唇，安居幽谷遠光塵。
不同百草迎風起，燦燦低垂占取春。

左四右十二

吳秀真

紅豔小圓珠綴身，嫩鮮弧帽蒂清新。
孤高貴潔莓心傲，味自酸甜品自珍！

右四

詹培凱

草色輕啣紅潤身，九天珠玉入寰塵。
酸甜最似人情味，轉過風霜又是春。

左五

林志賢

滋養秋冬孕育春，胭脂色調誘紅唇。
鮮甜酸澀皆情味，攪作瓊漿更絕倫。

左六

周福南

丹楓霜染草莓新，曲徑歡聲採摘人。
紅艷酸甜催幸福，安心品嚐豁吟身。

右六左十五

許澤耀

綠葉園中吐艷春，鮮紅嬌滴倍迷人。
一親芳澤心如蜜，乍醒留香幾忘身。

左七右十

陳麗華

朱實陰鋪垂地葉，如珠顆顆已經春。
日烘留待酸甜足，嚼破瓊漿香襲人。

左八右八

小小丹心最可人，酸甜柔嫩氣芳新。 甄寶玉

唯憐脆弱嬌生態，難耐連宵暴雨頻。

左九右十一

嬌妍欲滴綺羅身，羞味酸甜最可人。 翁惠胜

莓圃擷芳消永日，舒為啖食讚時珍。

右九左避

百媚嬌容璨笑靨，含羞怯意嫩柔身。 林長弘

寸心紅艷芬芳果，不羨高枝自有春。

左十右十六

心形紅嫩態迷人，風味酸甜入口津。 林顏

潤肺健脾營養好，果中皇后獨超倫。

左十一

和風送暖育芳新，柔軟鮮紅不染塵。 陳文識

莓實紛紛妝假果，酸甜雋永得天真。

左十二右十九

紅玉珠圓香馥郁，瓊漿濺齒口生津。 劉坤治

採莓自有消閒趣，綠意嬌情別作春。

右十三左十九

嬌豔天仙不染塵，紅中透白慕芳新。 陳碧霞

鮮嘗美味留心坎，輕手藏懷擁故人。

左十四右十八

含羞嬌艷引遊人，潤養香甜是果珍。 張民選

入口清涼甘露似，加工食品更營身。

右十五

心形莓菓出紅塵，當令採收宜夏春。
難忘酸甜鮮汁味，相思多少有情人。

王百祿

左十六

大湖陌上起香塵，鮮豔嬌姿最誘人。
滋味酸甜猶戀愛，闔家採擷喜相親。

鄭美貴

左十七

葉底含羞探早春，偷勻粉黛盼君親。
難禁風雨嬌無力，請惜華年有限身。

王文宗

右十七左十八

紅莓欲滴自然津，濃郁甜酸子點唇。
營養防癌人不識，平和心態莫欺身。

吳莊河

左二十

綠鎖猩紅豔出塵，玲瓏果累草中珍。
紅妝陌上偏來晚，失色花容怨怒嗔。

余美瑛

右二十

紅皮白肉碧連身，味滿酸甜最可人。
取入層糕綴佳釀，輕嘗一口憶童真。

吳宜鴻

天籟吟社庚子年夏季例會詩作集錦

二〇二〇年六月十四日於三千貿易教育中心
首唱詩題：假新聞，五律，三江韻
左詞宗：黃哲永先生
右詞宗：吳身權先生

左元右七 洪淑珍

新聞傳偽作，閱聽憤充腔。
以此圖功利，兼之亂海邦。
憂心中道喪，醒眼謬言降。
所望嚴追究，奸徒方絕哤。

右元左十四 何維剛

君子三端避，危言可亂邦。
螢屏天入掌，世道蟻浮缸。
慾海隨翻攪，心猿任謫降。
有睛人亦瞽，真假付滄江。

左眼 蔡久義

新聞珍確實，造假語紛哤。
意欲民情亂，心存志氣降。
紅媒施暗計，綠府挽奔瀧。
內賊須揪出，清源固海邦。

右眼左十二 鄭景升

隱然煙罩月，倏起浪翻江。
清白雖能辨，風波豈易降。
何如心自主，莫厭雨敲窗。
且待雲開日，行歌答亂淙。

左花右花

縱是非真事，新聞語亂哤。
偽言成市虎，利口耍花腔。
謗起情何忍，風傳恨未降。
文辭宜鑑世，進善一興邦。

陳麗華

左四右十九

新聞憑偽造，鬼祟影幢幢。
爭議加工廠，蜚言染色缸。
飆狂能捲地，浪險欲翻江。
智者深思辨，全安民主邦。

楊維仁

右四

新聞頻造假，蜚語染三江。
欲藉糖衣誘，疑藏毒藥尨。
盲從傷厚道，明斷護安邦。
智者訛傳止，揚真正義龐。

姚啓甲

左五右九

實相本無雙，空聲透八窗。
三人街走虎，一鍵訊奔駹。
惡念興訛謬，盲心致亂邦。
燃犀堪照怪，識破影幢幢。

王文宗

右五左七

公然傳假訊，鼓舌耍花腔。
舉世皆瞞騙，眾人誰服降。
德孤鄰失偶，量小惡連雙。
巧語新聞亂，居心擾萬邦。

李玲玲

左六右十二

新聞多氾濫，真假亂湖江。
利益常交戰，龍蛇互不降。
造謠傳網路，誤訊禍家邦。
惡作難除盡，惟憑慧眼雙。

甄寶玉

右六　陳麗卿

風聞犬歌唱，聲妙越春江。
皓首驚聆韻，黃童喜學腔。
逌然奔鬣港，悵爾綻天窗。
問訊何荒誕，枝梧漫語尨。

左八　林瑞龍

新聞真或假，遲速現衷腔。
莫為流傳事，而隨盲目梆。
實情呈大白，虛室遇明釭。
春雪庭前積，潛消日曉窗。

右八　翁惠甡

似鬼影幢幢，狐疑滿面龐。
假聞施詭惑，實相失敦厖。
輕藐豺聲起，嚴懲乖氣降。
偽真難識辨，欹枕聽流淙。

左九右十一　陳碧霞

媒體亂家邦，全民浸染缸。
訛傳談北調，抹黑唱南腔。
政客常窺奪，網紅何肯降。
幾人能慎辨，真恐禍成雙。

左十右避　吳身權

但憑通訊便，暗繪影幢幢。
黑客頻施計，紅媒肆布樁。
止謠須自覺，辨假莫幫腔。
不管紛紜事，高然臥北窗。

右十左十五　余美瑛

河曲明珠黯，訛傳遍海江。
文圖何撲朔，寵辱豈單雙。
真假須臾變，妖魔頃刻降。
聯盟張五眼，悉究保家邦。

左十一右十三

沓至雷聲震，低空直瀉瀧。
無稽傳歷歷，繪影閃幢幢。
信息臨三海，頭條捲九江。
悠然投釣處，墟靜不驚尨。

許澤耀

左十三右十四

亂象新聞播，瞞人氣勢龐。
是非喧過市，誤導撼他邦。
理直群黎仰，言偏黨派撞。
淳風謳正論，信譽遍三江。

康英琢

右十五左十七

虛假新聞播，謠言恐亂邦。
獨家無驗證，八卦濫幫腔。
報導公平秉，傳媒正義龐。
人人遵法紀，監督責同扛。

林　顏

左十六

時局任摐摐，危言足喪邦。
疑真民物耗，弄假士夫降。
舊説頻添醋，新聞自別腔。
紛陳消息亂，寶鼎與君扛。

劉坤治

右十六

鯤島新聞濫，傳宣勝似鬃。
實虛臨破榻，真假隔疏窗。
遠禍毋輕信，全身勿自降。
謠言明智止，英睿得安邦。

張珍貞

右十七

真偽難分辨，媒情炒作厖。
無心推手轉，惡意造謠撞。
利鬥該須放，權爭豈可龐。
悖離虛幻訊，操弄眾驚哤。

林長弘

左十八右二十　陳春祿

市虎街流竄，武松未可降。
五毛欺異地，一指贗鄰邦。
微信音聲假，臉書訊息哤。
雲端本虛妄，反照覺心窗。

右十八　莊岳璘

陋室影幢幢，煩囂透小窻。
桓娥投急水，莊子夢飛尨。
邪偽還侵世，眞誠欲沒江。
澄波堪幾覆，妄語亂家邦。

左十九　吳秀真

一手遮天幕，薰心利益龐。
新聞行假造，媒體染污缸。
煽導民情激，化由群惡扛。
偽謠緣智止，素養貴安邦。

左二十　陳文識

流言藏詭計，假象亂家邦。
見影三人虎，聞風眾口尨。
網軍聲破竹，名嘴勢奔瀧。
水落浮雲去，青衫淚滿江。

次唱詩題：遶境，五絕，十灰韻
左詞宗：李玲玲女史
右詞宗：楊維仁先生

左元右十一　林　顏

出巡隆慶典，媽祖祐蓬萊。
癘鬼瘟情息，民安百業恢。

右元左十四　何維剛

鑾動鯤南境，巡行渡苦來。
民情亦如槁，企首沐恩回。

左眼　　周麗玲
瘟疫一吹灰，登時繞鎮開。
慈悲航百道，聖母護全台。

右眼左六　　甄寶玉
春疫今趨緩，巡安踩境開。
縱然人事減，祈福莫疑猜。

左花　　姚啓甲
媽祖轎巡訪，香徒全境陪。
穿林兼越嶺，虔信可消災。

右花左十五　　張富鈞
鼙鼓動三台，諸神遶境來。
黔黎誠敬意，勿作燧煙猜。

左四右六　　周福南
媽祖鼓聲催，神輿子夜開。
虔心隨遶境，千里護全台。

右四左十六　　翁惠貹
鑾駕出宮來，萬民爭侍陪。
慈光塵世照，九厄不成災。

左五　　劉坤治
三月瘋媽祖，四方香客來。
聖筊妃起駕，遶境護蓬萊。

右五　　王百祿
遶境傳文化，神明好發財。
平安成產業，廟寺惹塵埃。

左七右二十　鄭景升

瑞典衍千歲，神恩潤九垓。
但祈憐百姓，無病亦無災。

右七　莊岳璘

旌旗延十里，爆竹震如雷。
鑾轎驅時疫，還迎泰運回。

左八右十　張民選

時疫遠離臺，神靈陣伍來。
商機隨信仰，朝野笑顏開。

右八　吳宜鴻

駕起廟門開，全臺信眾來。
神前三叩首，今歲許無災。

左九　謝武夫

媽祖全民敬，隨香宮廟催。
遶行多縣市，集氣健康來。

右九　洪淑珍

鑾輿經四境，鑼鼓八音該。
善信虔追步，沐恩安九垓。

左十　吳身權

轎輦神威赫，街庭炮震雷。
煙花歌舞陣，滿帶熱情來。

左十一右十八　陳麗華

寶儀迎繞境，正仗喜相陪。
信眾歌仁德，天威振海臺。

左十二右十七

遶境懷神駕，平安帶福來。
誠心多善信，一路感消災。

葉世榮

右十二左避

三月瘋媽祖，更期因疫摧。
隨巡祈佑眾，盛事為消災。

李玲玲

左十三

疫情和緩去，旨意下凡來。
跋涉千餘里，平安淑氣催。

許澤耀

右十三

寶駕風雲起，紅塵不染埃。
九真巡守境，得悟證明臺。

林長弘

右十四

喧天齊鬧熱，遶境耀全臺。
信眾年年到，人龍邁步開。

張素娥

右十五

鑼聲大道開，號角鬼魔摧。
霹靂硝煙處，皇皇玉輦來。

陳文識

右十六

時疫憂黎庶，祈神解此災。
仙魁千里遶，祈禱氣如雷。

歐陽開代

左十七

鄉里門户開，鮮花水果臺。
虔誠香案擺，祈福望無災。

張珍貞

左十九

康英琢

迎天妃遶境，鼓樂擊聲催。
惡煞邪妖滅，民安共舉杯。

右十九

余美瑛

媽祖今登轎，三更啓駕來。
萬民齊跪地，祈聖護三臺。

左二十

陳麗卿

群黎瘋踅境，熱鬧萬程陪。
感戴神庥偉，慈媽祖祐臺。

天籟吟社庚子年秋季例會詩作集錦

二〇二〇年九月十三日於基隆柯達大飯店
首唱詩題：秋夜讀書，七律，四支韻
左詞宗：徐國能先生
右詞宗：洪淑珍女史

左元 余美瑛

黃花木葉蟄聲裡，颯竹新涼自養怡。
古借清風今挹月，不言寥寂慢春時。
諸賢豪放心胸豁，眾聖淳真筆墨奇。
雨露焉能摧鐵骨，珠璣有味是秋辭。

右元左十九 楊維仁

商意初臨動晚颸，瑤編展讀夜闌時。
塵囂不擾靈臺澈，爽氣頻舒雅興滋。
剖細探微明旨遠，采英擷秀悟情癡。
更深好趁芸窗靜，一卷清涼樂自知。

左眼 王文宗

斜漢西風孰與知，良宵不寐展書時。
陶情豈在黃金屋，把卷非關月桂枝。
白露新涼星欲墜，青燈永夜首頻垂。
權將楓落藏篇頁，來歲重溫夾冊詩。

右眼 李玲玲

丹桂香飄浮影移，孤燈相伴愛吾癡。
惜陰汲汲隨光讀，展卷孜孜忘我為。
心醉玄門身自在，神交古聖意飛馳。
言探道究天人奧，露冷風涼靜夜思。

左花右十二

劉坤治

向晚涼風催木葉，經秋爽氣送輕颸。
詩情寂寞誰相守？愁緒消磨足自持。
卷裏光陰忘有我，毫端歲月若無期。
坐來不覺東方白，共結青燈寄所思。

右花左九

姚啓甲

天涼最適讀書時，明月添光展卷怡。
典籍潛修娛晚歲，銀屏披閱得新知。
蛩鳴雅韻虞韶樂，竹動清音李杜詩。
十載寒窗雖夢遠，何如今夜覽秋詞。

左四右十

吳身權

似水涼風次第吹，霜天月色透簾帷。
慢烹春茗添秋興，細品新篇滌舊思。
只覺耽書猶半卷，渾忘更漏近寅時。
文章快意陶然醉，不盡芳菲入夢馳。

右四

張素娥

西風涼爽玉鉤垂，開卷神遊把握時。
論語中心仁恕道，易經細目卦爻辭。
些微拗句難成載，多少金言正可師。
興盡歡來歌此夜，書香伴我夢中思。

左五

王百祿

梧桐葉落報君知，白露涼風嘒嘒遲。
斗室三坪妝竹簡，孤檠一梃照繁枝。
不求金玉千鍾粟，但惜方塘活水池。
莫嘆積雲掩蟾魄，迷濛正是讀書時。

右五左十七

陳麗華

古意填胸足自怡，閉門散帙不知疲。
挑燈夜讀開書卷，對景秋吟點墨池。
閒詠三篇人靜後，遙看千里月明時。
金風扣戶花侵案，涼影橫窗動雅思。

左六右八

翁惠甡

籬外黃花向客窺，晚來書讀正良時。
數篇太白無經意，一夜東坡有所思。
豁達情懷開雅境，執偏才品失幽姿。
曉侵蒼宇猶揮筆，鳥語啾啾染瘦詩。

右六左十二

甄寶玉

淡泊平居歲月馳，老來情味在詩詞。
悠然昏目看花字，卻愛殘燈把卷時。
汲古翻新能脫俗，澄懷耽學豈為遲。
清輝照影西風爽，書圃翱翔樂不疲。

左七右十九

林長弘

金風玉露菊花期，耽讀經書月夜時。
秋霽一簾涼似水，燈明兩鬢白如絲。
世情利慾身拋去，塵事權名意任移。
不覺坐懷空色相，老來咸感杜陵詩。

右七左十一

張珍貞

桂魄飛來浮碧池，玉輪千里藕荷知。
登樓輕展書田閱，秉燭行將內則窺。
夜靜牆頭人語起，秋涼渚畔犬聲隨。
寒來暑往朝堂易，近代兒孫豈願儀。

註：《禮記・內則》記載子女居家事奉父母必須遵守的規範和準則。

左八右二十

吳秀真

金風冷月影偏移，夜讀哦吟意自馳。
子美牘中懷太白，樂天筆下惘微之。
徜徉唐宋心糾結，誦詠篇章情鬱悲。
忽見長亭蕭瑟柳，案前獨憶是吾師。

右九

張民選

蟲鳴風起動簾帷，宵靜天涼月影移。
燈下溫書忘後夜，窗前集句詠新詩。
古今懷抱乾坤逐，音韻推敲意趣追。
才識無邊須力學，盛年難再及時為。

左十右十三

陳文識

天高玉缺出塵遲，斗室明燈絕妙辭。
欲解南華齊有物，更從道德識無為。
少年苟活干戈地，老景閒觀名利池。
掩卷沉吟風突起，飄飄蝶夢待何之。

右十一

鄭美貴

金風颯爽夜闌時，展卷挑燈逸興滋。
鑑古觀今增智慧，敲詩鬥句爽心脾。
佳篇細品醍醐味，妙筆留題翰墨師。
樂活人生酬壯志，烹經養性學新知。

左十三右十六

陳春祿

日暮窗寒露浥墀，焚膏幽室沐蘭芝。
蠹魚輕薄經書史，朽木難工詞賦詩。
汲汲青鐙迎獺祭，勤勤黃卷點螢窺。
老閒翻讀兔園策，夜燭不勝秋漏遲。

左十四右十八

林　顏

月朗風清雅興馳，挑燈展閱賦詩詞。
書中自有黃金屋，鏡裡何愁白髮絲。
琢句清新懷杜甫，連篇雋逸仰王維。
浮生六十方圓夢，煮史烹經樂不疲。
註：吾齡登六十，才從認識平仄聲後，開始學作詩。

右十四

陳麗卿

今夕商飆送爽時，芸編悅讀點頭奇。
簷前披覽春秋史，月下翻評翰墨詩。
興發吟哦驅睡意，經研道德滌塵思。
抱殘六籍辛耘樂，雖已中宵曷捨之。

左十五右十七

莊岳璘

殘燈殘卷空岑寂，不忍凄風暗蹙眉。
皎皎月華侵雜案，森森秋氣理疏枝。
昔時相許三生誓，此刻徒留萬縷悲。
何與今宵共蕭瑟，我言唯有易安詞。

右十五左十六

林志賢

稍減炎天日暮時，寒蟬不住露初滋。
庭花二季皆看盡，窗月五更猶去遲。
飯罷偶吟珍帚集，茶餘堪讀橘堂詩。
前賢逝矣何相識，細嚼文章可探知。

左十八

周麗玲

西風蕭颯慄人肌，深夜燈前開卷思。
滿院月光分外靜，芸窗吟樂最相宜。
桂香清雅神仙骨，詩韻幽芳民士資。
還許古今心互照，咸通異代閱書時。

左二十

陳碧霞

白髮文儒悟未遲，高吟雅韻少陵詩。
三千書屋無虛席，天籟學程有盡期。
十載傾囊傳後進，今朝成佛憶先師。
弦歌不輟知難阻，一夜西風目送之。

天籟吟社社員詩作選

天籟吟社社員詩作選

葉世榮《奕勛吟草》

初春

門迎淑氣報芳辰，消息傳來歲月新。梅已著花櫻促蕊，江山藻繪入初春。

鶯聲花影

喜聞黃鳥喚春風，出谷啼開一樹紅。柳下花陰聲悅耳，儼然曲奏上林中。

台北圓山

自古圓山景色奇，而今高架似行棋。交通雖好風光損，策失雙全憾已遺。

松下聽濤

蒼鱗綠海木千叢，捲起重重湧碧空。柳麥只聞與小浪，翻天覆地大夫風。

兩岸對等交流

楚漢紛爭事合休，平衡隔海促交流。一邦兩制行專長，並駕齊驅各挺優。
本是同根該友愛，理應為國共謀猷。相殘鷸蚌漁翁利，攜手前途辟阻修。

感懷

蜩螗嘈雜惹人嘲，莫枉花錢拼外交。自犯國艱爭鬥起，合揚王道是非拋。
官商戮力謀邦富，政黨融和盼漆膠。煮豆燃萁遺憾事，不該仇視本同胞。

神仙侶

祝田中呂碧銓公子喜慶

繾綣藍橋好夢成，裴航緣定配雲英。嫦娥曲奏霓裳舞，蕭史簫吹凰鳳鳴。
琪草瑤花留儷影，瓊樓紫府滿春情。田中便是神仙窟，贏得崎嶇上玉京。

歐陽開代、歐陽燕珠《天籟畫眉共吟》

李前總統圓山演講感懷

扶輪眾社集同堂，李上尊賢論政昂。三屆領航臻自主，四群團結衛家鄉。
高呼兩國西東贊，和轉五權天地揚。老驥復馳興寶島，萬邦欽仰永流芳。

使南十載有感

千山萬水隔椰鵑，十載盤旋白髮纏。西北風和雁飛順，東南雲亂燕行偏。
茫茫世局清翻濁，皎皎銀盤虧轉圓。赤地共耘枝葉茂，餘暉燦爛故鄉還。

台灣星野三日遊

提防時疫困居閒，積悶排除赴谷關。三代同車談俗事，六層旅館睨群山。
溫泉清澈房間浴，綠樹水流庭院潺。和食中西珍膾備，天堂世上在台灣。

華新

華新子弟忠，合力建奇功。業界揚威勢，名聲貫亞東。

鬱金香

荷蘭傲世鬱金香，蓬客遠來欣綺光。花展花凋千萬載，同遊管鮑幾回翔。

獅城胡姬蘭

萬紫胡姬競豔妍，千紅搖曳客流連。獅城只惜星輝淡，不識何時月轉圓。

一世人生

一世人生誰有雙，小園惟望茂高樁。庭花碧瓦青萱蔭，鳥囀枝端綠我邦。

印尼華商相距有感

南斗星淒災亂頻，異鄉拓土志難伸。幸逢管鮑相呼應，共渡關山閩客親。

和詩班有感

東瀛四季拂詩風，俳句短歌川柳隆。白髮蓬生週一聚，月光和賦不知終。

松聲

蟬微己丑古根唉，飄蕊南台傷雨雷。處處起霜流水曲，何時堯韻迓風回。

懷人

三更鐘響月朦朧，懷思綿綿難合瞳。但願此身樓玉宇，乘光飛入汝簾中。

鄞　强《柳塘軒主詩草》

宿儒林太夫子述三公頌

夫子恠星欽，書齋署礪心。賢徒馳藝苑，俊秀譽儒林。
壓卷文瀾壯，掄魁筆陣森。師承三笑仰，仁義作規箴。

資訊時代感詠

訊息隨時掌握中，乘車行路樂吾衷。而今爽朗尤堪讚，比昔光華大不同。
四顧應知為事正，三思益得被人崇。維新科技爭相競，洞悉全球造化功。

扶輪社蘆洲社長啟甲蔚文風戊子年作

眾讚姚公德育施，蘆洲社長振文師。兒童關愛消貧困，地域提攜致富資。

親善宏敦心濟世，騷風蔚起志匡時。揚名國際鴻圖展，主掌扶輪美譽馳。

學而時習之妙

群書博覽義仁尋，師友相親獲益深。可媲方塘開一鑑，源頭活水滌塵心。

冬遊法雨寺

戊戌冬殘契雅緣，山嵐覽賞樂安然。鍾靈法雨崇名寺，奕代民寧福運綿。

真珠蘭

美人花萼碧嵬峨，綠艷清高紫氣多。九畹蘭芳王者譽，拂衣仙子媲姮娥。

暮春吟

一年花事賦詩評，九十春光那肯橫。醉酒狂歌臨夏景，尋芳拾翠雅人迎。

黃言章《老三詩集拔萃》

武夷山

武夷秀麗眾人誇，登頂雲遊螻蟻爬。萬仞堅巖浮巨艦，雙峰拔挺惹思遐。
綫天隙縫龐軀塞，曲水淙潺小艇划。稀世紅袍香四溢，緣何不入布衣家。

武夷山有雙乳峰、一線天等景點，大紅袍茶只銷於高層人家。

夢迴北平

北平如昔景依稀，恍惚神遊舊地歸。烤白薯香充口腹，糖葫蘆美解饞饑。
姐兄挽臂天橋逛，父母齊肩聖殿祈。寐醒華胥原是夢，但悲人事已全非。

北京當時稱為北平，聖殿在天壇。

北投溫泉

紗帽西南舊礦場，硫磺噴熱氣蒸香。昔時酒樂銷魂窟，今日茶書淨體鄉。
嘗誘東瀛採艷客，更招暴富覓花郎。終經洗盡鉛華味，開放黎民泡澡湯。

大相撲

巨漢神凝壯若山，扇揮兩造撞天關。巧工蠻力憑施展，完敗稱王瞬息間。

股市

上沖下洗搭雲車，漲頂跌停雙眼花。盤算衡量皆畫餅，軋餘入袋始贏家。

夜登一〇一大樓

百層樓陟頂，極目萬燈羅。沉月頭堪碰，浮雲手可摩。
仰瞻天織錦，俯瞰地投梭。我欲凌霄逸，開懷引吭歌。

周福南《宜庵詩草》

甲午即事

權臣割地倭奴侵，滄海遺民淚滿襟。金馬堅防彌戰火，黃葵學運撼官箴。
年逢甲午追悲史，日盼仁君惜寸金。進德修文消浩劫，邦基永固見天心。

人間到處有溫情

人生樂善最悠然，細嚼酸鹹別有天。樹菊傾囊醒世道，貫英興學建書田。
扶危濟困高風耀，仗義疏財雅誼綿。典範純無分貴賤，溫情到處滌心泉。

潮流

飄搖世局不堪論，人海滔滔感慨存。網路黃葵翩學運，高砂百合啓潮痕。
尼山道德千秋仰，泗水文章萬世尊。激濁揚清期共勉，民心浪湧轉乾坤。

風災感賦

封姨潑辣襲鯤瀛，暴雨狂風徹夜驚。疏圳築堤嚴督策，牽蘿修牖避災情。
滋培水土千秋業，復育山林歲月耕。朝野同舟存警覺，家園永固護蒼生。

世紀板蕩

聖嬰暖化太猖狂，北極寒流破八荒。網路旋風知勁草，黃葵學運識忠良。
爭權遂利藍天潰，興國祈賢綠地昌。合陣英仁開德政，安民立本護台疆。

北門迎春

承恩閉塞陸橋邊，古蹟蒙塵四十年。府尹垂箴移廢柱，市民彈鋏見長天。
東西捷運新村立，南北康衢舊邑牽。樓闕巖疆留勝景，首都鎖鑰迓春妍。

林瑞龍《竹園詩稿》

電視機

瑩屏似魔鏡，萬象影音開。宛轉清歌亮，婆娑豔舞迴。
人間觀戲劇，世事看塵埃。幻景皆爭睹，誰知水月臺。

磁瓶銘

未經火鍛鍊，黏土塑成瓶。遇水溶化去，日曬龜裂形。
焠煉成瓷器，水火不變型。修行亦如此，成佛長劫經。

天朝體制

天子天朝天下間，策封朝貢一連環。早隨滾滾東流水，破滅浪花難復還。
北辰無復眾星拱，宗主藩屬立平臺。魯陽揮戈枉費力，天朝天威挽不回。

菩提樹 丁酉春願

戒根深入地，定幹直參天。枝葉扶疏旺，花果慧熟圓。

法華經藥王品讀後

開示悟入經王論，燒身供養報法恩。空慧如火破四大，能除執著煩惱源。

己亥春聯 近日略涉佛法，嘗試修行，爰名寄寓「竹園精舍」。

清淨竹園修智慧，莊嚴精舍養慈悲。皈依大乘菩提道，世世生生永不離。

庚子春聯 近讀「華嚴奧旨妄盡還原觀」有感。

清淨圓明觀自性，慈悲平等見如來。修因願往彌陀剎，果滿行成正覺開。

林　顏《靜心詩選》

萬神聖會

華嚴寺萃萬神尊，聖會欣逢五教敦。賢首開山傳法脈，海雲渡眾啓靈根。
鐘聲響徹三千界，宗旨宏揚不二門。了悟真詮心豁達，禪觀義學拯元元。

懷東寧才子丘逢甲

清廷戰敗割台灣，愛國儒生豈等閒。號令保疆宣自主，召軍抗日逐兇蠻。
景崧節變貪生起，逢甲心堅雪恥還。無力孤臣徒抱恨，長存浩氣在人間。

富偉精機建廠三十五週年慶

富偉經營卅五秋，創新科技展鴻猷。換模快速安全顧，回饋堅持福利謀。
專業高明超水準，精機研發合潮流。員工制度臻完善，產品行銷七大洲。

台中南屯市定古蹟瑞成堂

瑞成堂建溯清朝，結構精工氣派超。三合院房環境好，百年文史美名標。
正身樑柱誇雄偉，廂屋亭窗更巧雕。市定觀光膺古蹟，南屯攬勝湧人潮。

台灣國寶李梅樹大師

三峽聞名梅樹師，丹青造詣媲王維。凌雲運筆胸懷闊，潑墨傳神氣勢馳。
壁畫龍魚誇藝術，素描人物更魁奇。琳瑯滿目參觀館，紀念先賢德業垂。

映碧軒雅萃

碧琴邀約集貓空，避暑吟哦雅興融。豪宅入門軒錦繡，清泉漱石景玲瓏。
師生相聚詩歌唱，翰墨輪番聲律洪。難得休閒遊一日，春茶香宴樂無窮。
午宴在春茶香餐廳用餐

蔡久義《久義詩稿》

台灣護樹三十周年

彭君勤護樹，一代仰宗師。日本歌功頌，臺灣讚譽馳。
卅年無怨悔，大地要蕃滋。宏願雖難遂，苦心當世知。

人與自然界的和諧互惠

生態平衡要務先，瀛寰無恙保平安。魚龍戲玩同於水，鳥獸翱遊各有天。
復育山林豐景物，關懷土地沃桑田。不傷環境吾人責，互惠和諧樂自然。

讀離騷有感

一部離騷力萬鈞，三閭韻事最堪珍。詞昭日月心憐楚，筆捲風雷志抗秦。
哀郢懷沙悲故土，美人香草泣孤臣。行文雅潔同蘭芷，傳誦千年感鬼神。

詠新北市市花茶花

不懼冰霜又勝梅，柏松姿態酷寒開。芳情脈脈傳春信，蕊色嬌嬌艷翠臺。
氣孕山茶冬拂結，光浮庭月暖初回。郊原秀麗宜繁植，評選市花獨上魁。

題冬陽

今歲寒流覺已停，獅山日照遍山青。北都勝會群賢萃，暖入詩心啓性靈。

春望蘭陽

燕剪春光大雅登，蘭陽郅治頌中興。耳聞不盡黎民頌，市長憐童望繼承。

謝武夫《武夫習作》

習詩

習詩幸運進三千，山長師生眾志連。平仄對黏遵古律，行腔依字韻天然。

詩友同遊望龍埤

煙雨青山嵐氣餘，曲橋撐傘靜觀魚。詩緣結伴三星訪，借鏡觀摩行不虛。

幸遇

習詩幸遇謝三千，雙鹿同窗結慧緣。善品瓊漿疑太白，敏才捷思兩騷仙。

國際反射學者台東年會

寶桑膝痛主垂憐，明日健康精練研。國際台東成果會，長濱學術最周全。

感恩天主二〇一九吳神父　八十歲生日快樂

感恩天主賜賢才，神父仁慈選駐臺。明日健康緣膝痛，多年研究促春回。
熱心推廣幫民眾，致力編書修教材。學術貫通精實踐，如潮賓客慕名來。

感謝師恩二〇二〇至謙夫子　八十壽慶

文昌幸遇運初開，宮廟保安神祐來。平仄對黏全不識，唱吟變調似謎猜。
中原漢語遷都改，河洛唐音留閩台。誦讀詩詞遊古境，堪哦正韻謝師培。

團訪三星詞長

別墅三星詞長居，山環水遶稻香宜。園栽珍木精心嫁，樹列蟲膠悅耳姬。
美酒窖藏徐啜飲，佳餚巧味話穿頤。家庭事業雙圓滿，豪氣隨緣共採詩。

林長弘《一心齋吟草》

遊雙溪茶花名園記趣

主人誠待意，生態釋疑恢。雕樹千形造，接枝百法培。
清香隨雨至，紅艷帶雲開。笑與茶花語，明年約再來。

詠竹

挺立崇高偉岸連，琅玕翠藹護家田。虛心勁節凌霄矗，耐苦隨生依地緣。
雨洗幽清詩興起，風流雅緻酒尊前。澹然月影身如瘦，不畏冬寒傲雪天。

晚眺

斜日嫣霞夕照幽，迷空暮靄覺浮沉。心聽滿澤玄音樂，眼望分光錦繡收。
逝水年華安得返，流雲世事復何求。交陰千里人聲靜，夜幕凝眸月一鉤。

石亭茶酒樂

隨緣引伴感情尤，來去自如意自由。知惜人生歡樂事，一杯茶酒話春秋。

賞菊

老圃風華人比瘦，東籬秋色夜生香。題詩立景閒情樂，詠讚冰姿晚節彰。

嗟嘆

百態無塵不可觀，參差一世盡波瀾。那堪回首千秋夢，始覺為人處處難。

春風笑

春暖知魚出，風和見鶴翔。聽簫雲拂檻，煮酒談文章。

許澤耀《澤耀詩稿》

上巳

上巳鷗盟把臂親，韶光祓禊舞雩春。流觴曲水傳佳話，周禮晉風雅化淳。

夕照

凜冽隆冬氣候苛，斜暉彩麗映山河。寒煙起處餘霞染，落照猶憐鴉背多。

月影

秋風乍起月臨窗，李白傾杯對影雙。千古風流難再覓，夢回疏影入西窗。

待中秋

八月迎三五，良宵約共遊。欣敦風雅會，夜夜夢中秋。

冬郊攬勝

初冬薄霧霽華時，乍暖庭陰草木知。野外尋幽收勝景，花壇依舊逞芳姿。

蘭陽龜山島

旭日浮金五色昇，崚嶒積翠雨煙騰。怒號俄頃壓層波，鎮海蘭疆萬古憑。

孤峰

孤峰冬霽曙天涼，霧散煙消待日暘。雨打風吹猶屹立，何時深綠氣飄揚。

品茗

凍頂新芽潤老喉，甘純賞味復何求。早知世上名茶眾，未若烏龍瀹一甌。

陳麗卿《詠藻詩稿》

新歲有懷

蓬萊子鼠迓春先，詠藻風光異樣妍。櫻綻炫霞緋泛錦，鳥鳴盈耳軟如棉。
肺炎率爾彌寰宇，媒體鏗然讚大員。無限咨嗟災劫降，死傷慘慘痛心弦。

雲

問訊來何處，橫空一抹長。斯須蒼狗幻，逌爾白波颺。
靋止思親友，霏開見鳳凰。化霖空悵望，庚子草枯黃。

喜訊

灼灼鳳凰花，梢來音訊嘉。林師善調教，墨海矯龍蛇。
雖是才情郁，何嘗頹惰加。紫心堂熠耀，桃李競繁華。

端陽節

鶴髮垂垂兩鬢霜，遙懷負篋正端陽。今逢角黍飄香日，淚眼思慈詎忍嚐。

有懷三首

仰望蒼穹際，白雲時去回。逍遙無所駐，天趣靜中來。

百無聊賴望晴空，疊絮堆棉落照中。俄頃幻成銀鱗次，孤亭一掬竟霞紅。

吾徒底事愛滄波，日數閒雲未厭多。可有翔鷗戲危岸，機鋒諗悉遠人魔。

康英琢《小半天人詩草》

小半天雅景

世外桃源小半天，凝眸景緻任流連。山明水秀風光麗，島語花香韻事牽。
四季茶芽全上等，初冬竹筍最新鮮。庄民有義同相守，熱絡尋幽雅譽傳。

一位愛護市民的市長陳世榮先生

世榮市長譽聲隆，全力效勞不計功。建設車場停免費，拓寬道路暢交通。
清廉實在人欽仰，品守謙恭眾慕崇。再祝議員齊當選，誠心服務樂融融。

白沙屯媽繞境

白沙屯媽領天兵，起駕巡安典禮行。境繞中台民供拜，輿臨北港眾歡迎。
疫瘟消滅神恩佈，癘鬼驅除劍氣橫。善信誠心錢贊助，威靈聖母護蒼生。

台北七〇一公車全員服務博佳評

公車七零一，服務博佳評。總站招賓藹，司機待客誠。
仁慈扶老輩，揖讓路無爭。介紹觀光點，沿途謹慎行。

樹人里邱里長盡力為民服務

世昌里長早馳名，推展樹人全力耕。雙屆任連勤輔政，為民造福眾歡迎。

夢陳老師祖舜先生

恩師永別滿週年，背影時常腦海旋。忽在三更重見面，醒來覺得夢中牽。

註：陳老師生前，我常會抽空去看他，他永別後的某一天晚上，我夢到陳老師叫我不要再去找他了，他說他要去美國了，不知是否是她女兒將他的牌位請到美國了。

李玲玲《玉令吟詠》

慈母頌

十月懷胎歷苦辛，一心育子捨青春。斷機截髮慈恩篤，巧手持家婦德真。
雛鳥羽豐追夢遠，空巢歲晚待誰親。未能反哺啼終夜，母愛情深孰與倫。

夢先父

冬寒被暖入幽眠，一晌魂飛上九天。磊石危岩聳金閣，浮香浥露綻青蓮。
瞥看先父樓中坐，喜續當時膝下緣。忽爾晦暝風雨遽，承歡對語化雲煙。

賦詩有感

窺探金屋望嬌娘，蘭室芝窗浮墨香。閉戶挑燈從雅興，斷鬚覓句索枯腸。
吟風醉月三餘惜，體物緣情六義彰。若得生花書妙筆，暢談心跡又何妨？

傷感

難尋知己莫輕拋，欲效七賢君子交。無奈舊情無覓處，今同陌路是誰教？

有感

不老紅顏衆甚誇，清心寡慾思無邪。毋分物我多蔬食，飽讀詩書氣自華。

待來年

強權霸道觸心驚，數十年來夾縫生。忍辱求全待時至，明春鯤島化鵬征。

見梅思故人

昔日同友賞梅，折梅泡酒保花容，友已成仙歸去，今見梅思故人

綠萼幽香沁酒卮，冰魂雪骨觸心思。昔時相賞今何在？月色空餘映玉枝。

姚啓甲《啓甲詩草》

登軍艦岩有感

秋登艦石翠微橫，阡陌煙霞自在行。發棹松風蒼海濟，征帆鯨浪白鷗盟。
偏驚六合猶紛擾，樂見三台且太平。若到自由民主地，絃歌琴韻滿鵑城。

梅雨邨居有懷

梅黃雨細帶清煙，似露無聲潤陌阡。巧燕銜泥穿翠岸，老農戴笠稼芳田。
閒霑瀚墨香風動，笑弄琴書濕氣遷。作客輞川名利遠，邨中習靜學神仙。

題米勒拾穗名畫

偉哉米勒媲詩葩，筆底含情真可嗟。饑婦拾餘人去後，微陽布暖影低斜。
一僂一揀糜充腹，多得多施福綻花。誰饋存糧濟貧弱，富而好禮德無涯。

車道中發送傳單者

不畏轔轔車陣穿，傳單發送乞君憐。塵隨肥馬圖麤糲，指扣華窗博細錢。
莫嘆世非堯舜日，但祈身在漢唐天。男兒若有凌雲志，韓信猶傳青史篇。

敬和王前詞長「八八書懷」

嵩齡八八喜來登，更羨才高骨峻嶒。閒讀詩書文思健，潛研佛老慧心增。
平章風月酣花事，檢校雲山醉酒朋。黌港新傳歌白雪，賡酬愧我力難勝。

孤芳自賞

年年盛放此時中，滿目櫻煙相映紅。千樹爭妍飄粉絮，萬人驚艷繞花叢。
無端嚴厲瘟情起，竟使榮華往事空。惆悵自開猶自賞，誰憐獨守廣寒宮。

註：庚子暮春，弘前城櫻花稱名，因疫情關閉中。

陳文識《簫劍詩草》

螢

寄身腐草自清光，入世浮沉變亂鄉。蓋地硝煙長慘惻，瀰天網罟獨徬徨。
欲棲老樹風霜緊，待隱新枝雀鼠狂。盪滌乾坤同奮起，明珠耀夜獻農桑。

晚眺

古壘登臨鬱滿喉，礁岩破浪雪花秋。乘風快艇怱怱過，涉水閒鷗慢慢浮。
暫借斜陽窺粉壁，休提缺月戍碉樓。沙汀日落煙霞盡，歸去紅塵博酒籌。

留春

層巒疊翠霧初涵，點綴嫣紅水色參。鳥語關關爭噪笑，人聲沸沸共尋探。
憐伊不日嚴霜逼，苦我明朝濁酒耽。惜取清新圖畫意，隨身雨夜就餘酣。

夏夜

冷房聊寄命，世事亂千重。坐臥隨心境，神遊滴翠峰。

湖亭懷遠

階前執手讀新詩，話到情深欲語遲。半頹湖亭樑燕杳，啁啾不復渡幽思。

科技興邦

巧手窮原上九天，雄心創業綠能先。財豐六合舒清景，喜兆邦新賴大賢。

水鑽

宜蘭黃秋微老師寄來「悠然庭」（水鑽）珍品。幀幀晶瑩欲滴，令人垂涎。因賦七絕紀之。

粒粒晶瑩掛翠尖，珠圓玉潤映毫纖。傾身欲就花間飲，始覺塵凡失露霑。

陳碧霞《千鶴居詩草》

插管心聲

今冬朔氣寒，母病未能安。醫囑言何簡，親聞答却難。
長思原有意，重議豈無端。回首來時路，魂迷似激湍。

病中得夢

千手觀音降，禪機側耳聽。琴聲彈大雅，月色照中庭。
接踵餘音繞，回頭細語聆。步趨行不得，倏忽夢都醒。

憶同窗好友春美

同窗兩不嫌，四載似膠黏。一逝過從隔，相思夢寐瞻。
叮嚀言自重，來去韻安恬。遠寺鐘聲響，晨曦靜映簾。

詠莫內〈睡蓮〉

百年粉墨擁知音，鮮麗荷池寄意深。太鼓橋邊生靜境，橘園館內發禪心。
花香葉茂眠方好，雲淡風輕夢不侵。印象鋒芒無乃是，繽紛世界畫中尋。

北投梅庭

名園重啓見芳叢，景點增添遊客叓。木造閣樓留韻事，石堆城垛訝神工。
俯瞰溪澗潺湲緩，遠眺群山滃鬱朦。草聖墨遺除俗慮，溫馨靜謐念于翁。

日本賞櫻

粉翅紛飛舞態輕，扶桑四月繫悲情。朱櫻怒放千芳溢，遊客徘徊百感生。
深院吟哦人似醉，繁花凋落葉方萌。舉觴寄語來春日，歷劫園林帶笑迎。

吳莊河《西河吟草》

問修道

有緣問我道何修？妙道虛玄說不周。得旨志言端可悟，人心直指性身求。

退休遇防疫

疫情可怕在家蹲，確順時中切實論。午起咖啡三等睏，從來命好感天恩。

庚子禍

肺災新冠毒全球，大壩焉崩已泛流。千萬堪憐誰可救？無良不懺見人羞。

庚子台北街頭

台北街頭女大生，潮流搭訕鏡魔橫。春光六片少多萬，社會難平萬籟鳴。

三倍券

庚子壓驚能振興，午時提領翌空清。簡單方便痲煩少，誰曰商家笑不迎。

孤挺花

孤莖挺立佈芬芳，雨妒風摧春日長。持己端莊和處眾，衷情欲訴濟時方。

種玉蘭花

賢手能栽十里欽，玉蘭無語卻情深。花開白甚姿芳郁，恰似佳人一片心。

春草

春草雨風生，日炎增向榮。身輕多面倒，根在歲新更。

甄寶玉《樂安詩稿》

詠「牡丹荷花」

亭亭涵碧說紅荷，燦似牡丹花瓣多。出水清高兼富貴，人生幾得兩相和。

己亥遊馬祖東引島一線天峭壁

參天雙壁互為鄰，一縫驚濤景趣新。戰地如今時勢改，紛紛攬勝盡遊人。

遊北海道狐狸村有感

金毛玉面巧靈精，雪地遊嬉遠世情。孰是葡萄酸醋意，無端賦予狡奸名。

題李明珠女史瀑布圖

白練奔崖萬丈懸，如雷聲響徹雲天。豔陽飛雨交相映，虹影濛濛現眼前。

庚子新冠肺炎防疫有感

疫癘滔天舉世驚，封關衛國護蒼生。縱然暫斷歸家路，道是無情是有情。

滑手機

小機如芥妙無窮，掌握須彌一手中。滑點螢屏連網路，搜尋資訊上雲空。
即時按讚溫情送，隨處談來友誼通。彈指留心防騙局，悠遊困惑各憑聰。

登北京慕田峪萬里長城

夢裡長城遠，登臨感萬千。巨龍蟠峻嶺，要塞接長天。
今日風光醉，當年血淚連。清風頻拂面，極目邈山川。

張民選《拾餘齋吟草》

山茶花

凌霜經雪涉春寒，桃李凋零妒未殘。艷似天孫編錦繡，赬如姹女煉朱丹。
迎風萬朵嬌無比，映日千葩靚可觀。不獨北人偏愛惜，加工入藥貴堪餐。

雨後過八里坌道中

屯峰霧散雨初收，天朗山明水急流。飛鳥逍遙雲際去，遊人自在岸邊留。
風歸竹動凝涼氣，日出花嬌掃隱憂。坌嶺煙嵐三里外，忽聞渡笛破清幽。

探梅

踏雪溪橋上，探梅效昔賢。風催花正發，日晌境如仙。
疏影橫天地，清香出嶺巔。一枝聊寄贈，長伊綺窗前。

戊戌秋分向晚運河觀釣

洪溝無樹起西風，老少垂綸學太公。不見魚蝦浮桂魄，月華如晝忘籮空。

冬遊天使生活館感賦

老皮豈畏迓寒流，菌閣花樓陶醉遊。驚艷連連開視野，龍蛇筆走客情留。

己亥國慶日沿淡江閒步

欒樹花開舉國歡，四天連假日三竿。山呼水喚行吟樂，忘卻營營心境寬。

洲後村古道露天佛座

頂天立地守紅塵，雨暑風寒不失真。看盡萬般天下事，欣為過者渡迷津。

余美瑛《詠纓雲箋》

戊戌雜詩一

頻呼發大財，政論似宏才。天馬行空策，焉能佐我臺。

戊戌雜詩二　香江反送中

傘海一波波，香江夜奈何。紫荊今濺血，鯤島礪干戈。

己未雜詩二　二〇一九．四．十七馬關條約日

乙未春帆書一紙，鯤瀛遍地是哀鴻。曾經見棄何聞泣，今卻強詞奪異同。

法雨詠懷一

忽忽十三春已過，依稀妙老影僧廬。寶華山讚猶迴柱，墨跡茶香已是虛。

觀蓮記趣

田鸚點水珠華出，花似霓裳葉似盤。蔽日鸕鷀鶖翠蓋，窺天錦鯉起銀瀾。
塘蛙得意徒鳴問，羅扇無心自乞歡。螢火宵中來作客，蓮衣侵曉著欄干。

己未雜詩

黨魁行眼色，菜販欲登墀。胡馬香江獵，秋鷹帝相師。
金風迎桂馥，玉露挹松姿。坐看天中月，鯤臺可守雌。

庚子雜詩　禁足

四十億人皆禁足，百千萬里盡空城。上焉者疾憂心恐，下域民趨陌夢驚。
庚子春風何凜冽，乾坤戾氣但縱橫。宇寰鎖鑰無知止，不盡緋紅不盡英。

張素娥《求闕詩選》

冰箱

保鮮持重穩如山，任爾稱心開又闔。肚大雖能納無限，漫天塞入是癡頑。

買書

書街蕭瑟不成形，殘照稀微幾點星。網路憑空能獨攬，人人弄指不分齡。

敲詩

滿腹詩情恨韻嚴，搜腸尋句鎖眉尖。神遊夢境飛來筆，任督全通喜自添。

煮飯

掌勺乾坤快意廚，粗材細作色香俱。三餐天職春風事，食譜精研亦可娛。

野餐

青山綠地眼前看，坐臥相依樂共餐。雅興從容憑得意，情濃兒女享恬安。

清境農場

風光綺麗聞遐邇，遍野無垠草木青。民宿喧嘩非所望，山頭把酒摘天星。

古剎

古剎晨鐘梵唄連，山中寂靜自悠然。莊嚴佛法威無比，教化迷徒一擔肩。

春殘

雨驟花殘已暮春，榮衰來去豈由人。不應回首徒空嘆，四季依時得照輪。

翁惠甠《公羽詩稿》

世紀板蕩

世亂誰知子美心，憂家憂國費沈吟。不堪蓬島輝煌失，何忍瀛州苦難臨。
倒挽狂瀾原素志，匡扶頹勢是丹忱。荊天棘地當今在，解困良謀秉燭尋。

資訊時代感詠

妖言惑眾卻崢嶸，資訊橫流難抗衡。引惹殿堂無管仲，招來市井盡淵明。
新潮漫起愁吾輩，古調聆聽樂一生。何用伴隨時代進，杯觴豪舉集群英。

友情

朋侶之情貴在真，應酬時久見疏親。能容態窘成歡笑，可癒心傷慰苦辛。
若為微名爭競逐，只教深誼易沈淪。伯牙絃絕知音少，白首鐘期有幾人。

留春

東皇漸遠我先諳，欲挽人言一味憨。長駐韶光曾未有，短留春色亦難貪。
惟期與景欣同享，不願失時悲獨探。四序循環原是律，如今身老竟何堪。

秋日寄懷

金風蕭瑟吹，百感繫懷隨。白髮嗟今日，丹衷異昔時。
樽前嚐酒馥，燈下欲眠遲。一醉凡塵出，桃源任我馳。

冬至望遠寄懷

遠山黃葉林，凝睇感難任。落寞隨風至，吁嘘閉户深。
年華空弄擲，世事冷沈吟。野老青春逝，桃源寄夢尋。

李柏桐《居隱詩簡》

松山機場即景

霧鎖首都城，高樓半隱宏，天邊明一角，巧照歇機坪。

註：從內湖碧山巖開漳聖王廟遠眺台北城，一〇一高樓隱雲霄，僅天邊一角露光明，長照松山機場停機坪。

新秋

彩映高雲色拓彤，翎鸞氣爽上梧桐。清嵐沁面知涼意，滿嶺青青始染紅。

品茗

芬芳撲鼻化心柔，細味甘喉韻直留。好友時羞相作伴，同歡七碗任茶囚。

雷雨

雷雨乍來花葉散，秋炎頓杳鳥禽歸。光藏日遁人無影，獨有詩音會鼓威。

碧湖步道行

霧過風光媚，林清綠氣芳。興來尋細道，信步入村莊。
曲折桃花徑，坵邊古跡場。前途穿隧洞，翠谷蜿溪長。

疫情二〇二〇

翠綠春回霧雨頻，歡情到處燕雛呻。晴天一夕翻雲浪，霹靂多旬避陌人。
只見拙荊愁橫面，難知武漢毒傳身。東瀛後輩家從職，電子傳音可得薪。

白石湖散記

日上三竿久，輝穿葉隙移。懸橋人散漫，小徑犬伸怡。
萬里尋雲影，一旁賞樹姿。春離夏復至，彩色綻濃枝。
白石湖流影，夫妻木獨遺。同心陂作合，九曲道戲嬉。
喜氣山林捲，深情心內持。鵬飛應志遠，聚散本常規。

註：白石湖在內湖碧山巖，因自然形成之山坳地勢，故稱之為「湖」。

陳麗華《蘆馨詩草》

感懷

老大羞言學斬蛟，情懷欲寫費推敲。菲才自愧無新韻，多病誰能有舊交。
望月思人愁易起，賞花載酒興難拋。要將方寸淋漓意，吟到山坳復水坳。

夜半聽雨

夜半聞秋雨，空階點滴聲。霏微聽不盡，片斷夢難成。
犬吠心還怯，烏啼天未明。寂寥誰與訴？黯黯自傷情。

近日有思

復健奔波心已摧，自將鬱悶一申哀。暮年病痛何嘗定，今日癡呆忽又來。
落魄紅塵難得意，滿頭白雪廢銜杯。秋風秋雨堪援筆，索句顰眉愧不才。

雨霽

西風如箭雨如絲，秋意侵人入睡遲。四壁蟲聲初斂處，一窗竹色乍晴時。
雲開已見晨光啓，林響還聞鳥影移。急向樓前索靈感，頻拈禿筆久無詩。

雨夜

一簾風雨夜漫漫，濕氣侵肌枕未安。極目不堪秋思惡，傍簷已懼水聲寒。
此時此景無心戀，何處何人恣意看。待到明朝晴可賞，正該花鳥兩相寬。

秋遊

野步林中興自長，浮生難得意徜徉。宵吟月影情堪憶，曉躡山陰樂豈忘？
半榻雲聲喧枕夢，一池秋草繫人腸。風翻涼葉花猶發，小朵亭亭尚帶香。

洪淑珍《天籟閒詠詩》

峰峙嬉春

雨霽汐峰含笑，風絲拂面微寒。喜聞野鳥調舌，深淺櫻花漫看。

松瀧瀑布

當空一派斷崖奔，沫濺寒聲過上村。遙想松瀧水窮處，有無仙境似桃源。

杉林溪賞牡丹

杉林溪谷鬧喧喧，魏紫姚黃豔一園。開向東風香不語，品題人到盡銷魂。

春初過梅花湖

瀲灩一泓烟霧中，詩難題詠畫難工。冬山已帶三分笑，影落平湖水墨風。

天元宮賞櫻

其一

瘵癒冬心花稱懷，不辭路遠縱青鞋。枝頭卻看繁苞著，笑問春風開小差？

其二

漠漠春雲鎖陌塵，峭寒不礙踏青人。雖無撩眼芳姿影，卻有桂花香可親。

曇花

十分雪潔馥清饒，一望真教夜暑消。不與繁花爭日色，冰心獨向月中宵。

山城微雨

褰裳輕踏雨，暖暖故人情。裁紫延閒客，飛紅醉玉觥。流光無限好，塵慮一時清。多少滄桑事，付諸檐溜聲。

陳春祿《村翁集》

觀唐舒眉窗友書法展草書有感

舒眉悅色賦瑤篇，醉舞龍蛇草似顛。鐵畫蘊含三尺水，銀鉤斷續九重天。
鵝池墨海沐書道，蠶繭鼠須藏聖賢。黃魄顏魂懷素骨，怎堪椽筆竟嬋娟。

日出有感

星移斗轉黯穹蒼，彩渲金熔赫曙光。玄豹亂隨鸞競舞，驪龍潛逐鳳爭翔。
稚顏孅若晨曦赤，癯首衰如暮色黃。盈昃榮枯時乃變，夕陽明日復朝陽。

暑熱

雲沸六龍威，日蒸三伏輝。艷陽侵野徑，苦汗濕征衣。
怨暑蟬高噪，追涼鳥倦歸。恨無雙羽翼，心寄廣寒飛。

洗衣機

奔流放浪九重淵，境比若耶奇洞天。西子休顰入梅雨，布衣無患百工全。

醒獅

酣醺六義醉瑤章，曲賦詩詞下酒香。來電驚聞獅子吼，漢唐俱滅宋元亡。

烟花嘆

鳳樓楚館鬻芳春，謝客劉郎夜復晨。雲雨風霜江上雪，秦淮十里陌中塵。

馬路清潔員

月辭星散曉初開，掃徑清衢日復來。行事參隨神秀偈，不令大道有塵埃。

周麗玲《心樂萊吟草》

記鷺鸞南飛過冬

每到新秋白鷺飛，鋪天結伴逞雄威。蒼鷹暗恨難追獵，安抵恆春春復歸。

訪春祿兄別業賞楓有感

嫁接金枝妙手為，斑斕袖舞蔚仙姿。猩猩旭鶴紅千鳥，楓葉沙沙陶醉時。

註：猩猩，紅千鳥，紅楓之品種；旭鶴，斑葉楓之一種。

情海有感

竊喜長濱萬里灘，更憐壯麗錦波瀾。混身熱勁狂無智，一躍方知海水寒。

拖地

九宮格內綴纖塵，蘸水揮毫抹幾巡。橫豎淨心涵意趣，行書養性自清新。

蜘蛛

滿腹絲柔韌，經綸巧藝豐。張羅八卦網，誘引四方蟲。
易受淒寒雨，難防嘲諷風。任他天候橫，補葺竟全功。

賀新居

坐擁峰巒傾國壁，臨溪枝葉鳥聲揚。參天松柏終年綠，盈院芳菲逐月香。
煙閣烹茶品今古，雲亭極目眺城鄉。治家格理翁親撰，勵德高懸福滿堂。

巴塞隆納街道見聞

曉晨冷冽凍嬌娃，正午炎炎衣薄紗。麗牖錦旗揚統獨，粉牆華飾顯身家。
逍遙步履輕如鳥，優雅遊心綺若花。高第聖堂驚宇內，名城勝境競傳誇。

註：西班牙巴塞隆納省尋求獨立。

吳秀眞《懷眞詩抄》

達摩蘭

品種原生號達摩，寬圓矮短葉型多。奇珍不菲曾名噪，價比豪房一夢柯。

詩盟重敦

睽違六載歷風潮，喜見山人返此朝。雅誼重敦瀛社聚，幽情點點付詩饒。

中秋雜詠

清輝玉宇入疏簾，圓缺曾經歲月淹，若夢浮生安戀棧，寧拋俗世效陶潛。

選後雜感

選戰彰時代，韓流新境裁，深期榮己亥，燦佈蕊花來。

參加第三屆兩岸詩詞論壇有賦

九省通衢萃藻章，論壇磋切筆鋒揚。交遊翰墨吟聲壯，匯引潮流大道匡。
盛會三連贏美譽，鷗盟兩岸慶同觴。欣看戊戌風雲湧，高誼賡酬喜共堂。

騷壇回顧

先賢斬棘闢新盟，雅韻文風百載耕。聖道曾教鷗鷺壯，元音丕振賦篇瓊。
聯吟例會今殘喘，感嘆薪傳恐絕生。誰掌詩潮舟共濟？騷壇盛勢再昂迎！

春雨

雅音滴瀝詠春聲，潤物甘霖任縱橫。綠柳隨風千縷舞，粉桃帶淚百嬌生。
復甦草木綿無盡，挺立秧苗望有成。大地初醒渾似畫，蘇翁相伴且徐行。

王百祿《宜蘭三星遊記》

其一

時計分調早喚醒，輕裝冒雨踏郊青。黑膠旭鶴邀詩友，七子相期約古亭。

其二

左彎右拐賴文宗，碧翠埤塘曰望龍。棧木曲橋亭外雨，池魚水鴨喜相逢。

其三

冬山美徑採三奇，稻穗含情不捨離。才說風光如伯朗，大哥一躍六驚疑。

其四

別墅微醺賞黑膠，大洲魚料品佳餚。三星路上嘆春祿，五月花中看九芭。

其五

武夫風範勝前賢，共結吟詩天籟緣。強健精神尊足下，雙人並枕樂同眠。

其六

祕境聞名落羽松，安農溪畔草茸茸。矮雲莫掩青蔥綠，他日重逢恐隔冬。

其七

醉醒更赴九寮溪，晴雨幾番芳樹萋。近聽潺潺音啦啦，遠望煙霧半山低。

其八

兩天一夜訪宜蘭，醇酒老歌聊盡歡。笑語猶遺行腳處，師生佳話寄騷壇。

王文宗《煙泉軒文稿》

庚子春疫

日暖已春殘，氛霾甚雪寒。對睟徒拱手，遮口豈言歡？
隔沫須三尺，傳媒有萬端。城邦爭閉鎖，引頸盼靈丸。

遺珠

滿爐皆彩石，漏我補殘天。煉玉經三火，傷心託一弦。
難尋青眼客，盡吐爨桐煙。自砥凌雲志，扶搖待氣旋。

閩南樂府六十週年慶

陋巷悠聞雅樂聲，陽春白雪引幽情。整弦緩奏怡心曲，執節高吟出谷鶯。
六十風華彈指過，千年沉鬱綻唇輕。稻江館閣斜暉映，傳唱梨園一路行。

無題

夢醒猶聞綠鬢香，椎心最是憶輕狂。桐音斷續隨風散，白髮無情獨夜長。

春櫻

自擁孤芳一樹春，何勞碌碌賞櫻人。胭脂恣染旋飄墜，豈肯殘香媚俗塵。

端午有感

諫赴湘流事已荒，而今惡草益猖狂。龍舟未挽丹心溺，歲歲徒飄粽葉香。

菊花茶　未及花信，聊飲菊茗附雅

東籬惆悵斂秋顏，菊氣氤氳茗盞間。從此清標存肺腑，何須矯首望南山。

鄭景升《醉雨吟草》

初夏夜讀三首　岳南「南渡北歸三部曲」讀後依韻奉和

其一　南渡序章

燈窗梗淚味斯文，夜雨樓頭悵海氛。碧血黃魂憂未已，怒潮飛響夢猶聞。
採銅更向山深處，變局且看風會雲。莫道春紅憔悴煞，還從藝圃嗅餘芬。

其二　北歸

梅花老去李桃榮，竟使狂霖摧欲傾。半壁沉淪悲永夜，經時苦雨快新晴。
春雖有意留南國，夢已牽愁落舊京。北望鄉心正躊躇，那堪風信問歸程。

其三　傷別離

長河已落眾星沉，掩卷猶然淚不禁。好夢難圓歸夢杳，無情莫笑用情深。
雨風聲裡追前事，水月懷中有舊琴。一剪梅花暗香曲，夕陽隔岸對誰吟。

暮春雨後

春愁嚐未盡，宿醉苦無涯。一夜呻吟雨，滿庭憔悴葩。
芳情新寂寞，殘夢舊橫斜。草碧煙深處，牽泉洗落花。

秋意

一自煙花零落盡，向來情緒是傷春。只今獨坐青霜月，卻信秋風更惱人。

孤挺花 庚子春疫中為台灣加油

任他寒雨帶愁煙，一蕊亭亭崖壁前。自是孤芳誠有種，蒼茫獨立亦天然。

林志賢《風塵集》

落花

執意爭春天地寒，瘦枝搖曳倩誰看。可憐身薄撐風雨，如是塵囂歷險安。
貌美徒添蕭瑟苦，情深更使別離難。知將萍水飄流去，誰肯煙波待一竿。

認老

一憑血氣逐風塵，拚卻青春老客身。功過都成配酒話，輕狂需讓少年人。
向來書劍聊能就，未信油鹽調不勻。賦喜賦悲君莫笑，詩家本色忒天真。

歲末回首

此年數次送走親人朋友及愛犬

回首不勝離別多，每耽惆悵自消磨。百辭牌局渾無趣，最愛秋朝卻忘歌。
眼下江山頻變換，世途煙雨易蹉跎。遲遲未作歸鄉賦，一慟寒燈悔奈何。

寄秋實諸友

詩會結緣今又秋，西風吹面尚溫柔。諸君博學當為傲，獨我庸才真害羞。
喜有良師堪問字，盼能佳日再登樓。一水蓮花開七朵，芬芳交錯共悠悠。

再寄秋實諸友

萬木蕭條指日甦，風光四季入江湖。別情容易浮閒夜，鄉月何曾棄老夫。
客舍千宵詩可遣，人生百味筆堪濡。許君一縷纏綿意，酬唱天涯心不孤。

夏日寄醉雨

里居相隔幾重山？料可飛輪朝夕還。愧我奔波塵俗裡，羨君飄逸水雲間。
久無破曉同蓮醒，緣有翻書共月閒。流火西移尚緩緩，談詩或待日闌珊。

張珍貞《珍貞詩稿》

防疫期間閉門讀書

頑敵誰無懼？烽煙四面來。居家能遠禍，出外恐逢災。
病毒傷天命，書扉滌濁埃。心澄經典閱，展卷福祥開。

機車橫行

穿梭街肆上，巷弄恣橫行。通路機車掣，騎樓旅客驚。
過關憑自助，保命賴天成。徼幸家門進，高揮達陣旌。

同舟共濟

全民防疫勢方濃，雙手勤清口罩封。武漢肺炎頻散佈，臺灣心腑豈盲從。
褒崇語説災殃禦，謗議聲隨病毒兇。莫忘同舟連禍福，扶持共濟見高峰。

檯燈

開關輕啓案頭明，更勝從前照集螢，不畏陰晴寒暑易，朝經暮史播芳馨。

敲詩

案前頎坐仄平求，竭慮殫精協韻愁，夕鍊朝錘難達意，渾然妙句夢中蒐。

迪化老街

街肆百餘年，千商萬貨連。茶行中藥店，懷舊美名宣。

中元節慶

基隆普渡見歡騰，遶境祈安迓斗燈，祝願亡魂登岸饜，皆能飽食得超升。

楊維仁《抱樸樓吟草》

過太原路懷張國裕老師

街肆浮華不染身，獨標高格出囂塵。商場多士尊前輩，藝苑群星拱北辰。
風雅傳承深歲月，瓊瑤雕鏤煥精神。重經教誨趨承處，緬憶音容百感臻。

過春祿詞長別業聽黑膠唱片

一派天聲出玉台，澄明音色絕纖埃。頓教舉座形神釋，遍使周身孔竅開。
八表飄飄迴細籟，九天隱隱響輕雷。黑膠圓轉如飛毯，載我雲端去又來。

敬題吳東晟詞長素涅集

愛悔青衿意已癡，中年哀樂續於茲。素心在抱曾無改，涅垢沾衣貴不淄。
久歷騷壇誠盛譽，周遊學府亦多時。羨君筆底乾坤闊，涵蓄琳瑯穎異姿。

網路古典詩詞雅集十五週年

聯吟網際三千士，雅契雲端十五春。細檢風流深醞釀，詩心貯久益精醇。

附中油加利籃球隊創立卅五週年

一脈淵源卅五秋，青衿紅袖契同儔。韶華雖老衷情在，舊夢醰醰甕底留。

己亥仲夏接任天籟社長，武夫先生有詩見賀，次韻奉酬

深慚齒德未尊優，天籟傳承勉運籌。仰仗群賢傾助力，朗吟同上更高樓。

題臺灣漢詩三百首

瀛社百十週年慶，余忝任次唱詞宗，同作一首

東寧文獻燦詩章，采擷芝蘭萃一囊。斯土斯民三百首，敢將諸作擬如唐。

李正發《小發詩稿》

重客鵝城漫與八首　選三

其一

向北行程車馬催，心期春暖久寒開。中年作客原無奈，此日因人亦可哀。
早識鵝城居不易，重遊舊地興難栽。風聲入耳如相訊，何故前辭今復來。

其二

高樓寓目雨初飄，南港松山一水遙。慈祐宮前錫口驛，基隆河上彩虹橋。
無邊逸興隨年逝，似幻街燈對客招。檢點人生千百態，微涼心境坐長宵。

其八

鵝城重客欲經年，生事維艱亦愀然。偶向神明求指引，漫行堤岸看雲煙。
烏棲高樹遠丸彈，人立虹橋臨市廛。擬學坡公遊赤壁，渡頭此日未停船。

自壽

五十春秋似電馳，悲歡離合逝如斯。迷茫眼色真猶幻，磊落心光淡始奇。
磨杵成針功可竟，揮戈止日意何為？三生石上休耽著，只是紅塵一點癡。

雨夜偶感

密雨孤燈隔碧紗，從來咫尺是天涯。當時自恃多顏色，此夕何人惜落花。
斂翅安棲少計謀，連宵風雨豈無憂。清高警世皆穿鑿，獨向西風唱晚秋。

清平樂

憑窗聽雨，悶坐無情緒。不悔癡心曾暗許，此日都隨它去。
登樓獨望天涯，春風又度誰家？何必愁腸萬結，從今各逐繁華。

吳身權《子衡吟草》

新竹小聚

許是情癡勝酒香，年來獨飲醉柔腸，俗塵今得緣君掃，清夜樽前樂未央。

抱樸樓聚飲

嗜飲耽詩道不孤，樸樓雅聚共相呼，江湖十載重來後，猶是高陽舊酒徒。

尋梅

破蠟枝頭不染塵，嚴霜冷處幾番新。臨風莫畏朝寒苦，好作尋芳第一人。

聞母校文華廿週年校慶忽憶年少往事有懷

曩時清夢動愁腸，負手行吟夜未央。歲月無情摧鬢白，挑燈誰共話荒唐。

山城微雨

縹緲嵐煙漫谷陰，一簷淅瀝伴鳴禽。論詩藤下清明雨，辭酒茶邊舊客心。
時疫無情愁坐困，天涯有夢待相尋。憐花欲止飄零落，卻任飄零落滿襟。

夜聆莫月娥老師『大雅天籟』

歲末微寒夜，漫傳蒼勁音。獨聆初版曲，同感古人心。
把酒連杯飲，隨詩入口吟。更殘情未盡，醉底意猶深。

遊紐西蘭皇后鎮適逢中秋有懷

雪山斜影映晴灘，后鎮湖光入夜漫，南國櫻飛隨朔氣，秋宵月冷值春寒，
低縈絮語猶如夢，暗惹塵心豈是歡？再注葡萄佳釀滿，無邊麗景醉中看。

吳宜鴻《悲客集》

五月雪

野徑綻新桐，迎來初夏風。瓣飛蒼翠裡，人在雪花中。
搖落芳菲節，相隨螢火蟲。群峰添白首，山霧更迷濛。

現代長恨歌

昨夜低頭共草山，茶間誠品論痴顏。月收二十成條件，年半古稀猶野蠻。
休說餘生缺真愛，應知長恨埋玉環。花名有冊信口拈，幾疊胭脂遮歲斑。

變石

這個石頭能變色，白天晚上不相同；山莓紅為燭光好，橄欖綠因輝日功。
曾歷沙皇臥血泊，終將希望映丹衷；喜它多彩高情調，搖曳燈中麗色融。

感時

醫美不醫醜，拜金也拜神。上人無上智，渡我太天真。

台灣藍寶

藍湛琉璃色，碧沉翡翠顏。聲名比剛玉，遙繞美人山。

翡翠

蝸角猶爭一點綠，陽勻濃正價如金。翡紅翠綠今何在，只有行情日日新。

詠鑽

一片黃銜一片白，每言無鑽不成婚；玉人花綻指間繞，開落豪門又華門。

劉坤治《霜毫樓吟稿》

自題小像四首

蘧廬天地我微塵，一瞬清游夢裡身。回首光陰情轉切，寄懷詩賦寫吾真。

閒時露頂洒松風，袒裼裸裎書海中。漫學疏狂頻弄筆，忘知老至歲將窮。

時撫雄心強自寬，倦遊逆旅任辛酸。風塵道路行難歇，春漲硯池波起瀾。

青春歲月久蹉跎，近日霜根益轉多。欲展詩家真面目，興來呼酒學高歌。

瓶花遐想

前身夢影猶疑遠，後世啼痕堪嘆深。時飲流霞餐沆瀣，常期清客盼知音。

香寒玉瘦今方見，思入心澄靜可尋。看取素馨懷野抱，半瓶花露淨朝陰。

書後有懷

擊筑狂歌意始真，抽毫欲賦筆方神。向來天上靈根種，染得人間詩句親。
舊日書遲氣無力，今朝勁發腕逢春。喜由文藝尋常事，濯我胸懷數斛塵。

冬夜書懷寄小草

每每經過台北橋，都見到一小草從橋壁破石生長，冬夜再次經過開車經過，感其不畏寒風之精神，仍搖曳獨立於逆境之中。

石橋飛蓋處，輕踏九衢塵。小草托微志，悲風咽素身。
不堪同世濁，寧賦寫情真。搖曳出新綠，高吟或有鄰。

張富鈞《怡悅山房吟稿》

月燈

借得清秋月，妝成不夜燈。臨窗鄉夢近，近榻客愁勝。
圓缺雖無別，悲歡未可憑。勞君飛海上，傳語報親朋。

小憩

小憩拋書未覺涼，斜陽蘆葦映清塘。商風偏蕩舟無繫，鴻爪只搔髮滿霜。
問事業餘花寂寞，老生涯見夢荒唐。臨池莫笑雙鵝侶，攪碎秋波啄食忙。

題幼時照，用「世情半在愁中悟」句

照片閒來取次觀，雲流星散感辛酸。世情半在愁中悟，故宅餘從夢裡看。
衣窄早知身老大，燈明翻覺夜輕寒。我同影裡人何似，祇有小名如舊般。

觀雀

群雀奪殘飧，得之欣且躍。誰知灑食人，觀此怡然樂。

戲題竹

三兩同根黨，輕搖即眾咻。心空枝節橫，高處也低頭。

風箏

謾道凌風真傲骨，猶耽身後一絲名。何當斷盡人間累，萬里扶搖拜玉清。

題陞官圖

功名滿紙是黃粱，冷眼看他替出場。誰解局中滋味得，升時歡喜降時狂。

張家菀《昨日稿》

與文華師並諸詩友會於淡水大腳印餐館，師以「風拭葉爭黃」半聯求對，囑余等對之，各續成五律一首，因而有詩

情熱酒酣處，江邊好納涼。雨過珠潤碧，風拭葉爭黃。
得句求佳對，論詩即講堂。師生有如此，世路不相忘。

冰沙　與下思、子罕、宸帆、立智、萏博諸詩友小聚

已將文字任塵侵，萬象迷離不可尋。亂碧琉璃新照眼，貯寒杯盞漸談心。
清涼旋作幽懷冷，零落惟餘舊夢深。檢點晶瑩重約聚，閑愁滋味寄微吟。

感事

幾變心情苦未休，翻成詩字偶然收。銜花燕去孤飛雨，抱葉猿悲屢嘯秋。
音信輕傳元片刻，風霜搖落是深愁。燈前我自無言語，一夜淒寒遍小樓。

臨崖

縱使高危不染塵，遠山松對抱愁身。接天更有無窮碧，貨與雲間採藥人。

聽雨二首

其一

敲窗風雨亂如潮，惟賴心燈守寂寥。天也多情為春瘦，漫收殘淚濕紅蕉。

其二

晚來點滴打芭蕉，客路如今更寂寥。隨處稀疏紅翠減，明朝風雨也瀟瀟。

答文華師九月十五夜榮總玩月

流照人間一夜圓，相纏哀樂不常全。疏疏星共溶溶月，不寐寒宵俱可憐。

何維剛《椎輪稿》

七股鹽山

迭見蚵排插遠潯，快哉風色暢胸襟。山容晴抱紛紛雪，潟潦波熬爛爛金。
天影涵潮光起滅，宵雲壓岸浪浮沈。人間血淚鹹滋味，應否鹽鄉滄海心。

安平觀夕平台

英雄落日氣猶橫，得失咸歸瑩草生。鎖鑰大員銷霸業，桅檣鹿耳動威名。
千重海色飛霞色，一脈濤聲蕩櫓聲。如賦前塵誰句讀，風波斷續總關情。

博士論文口試前夕和王博、韶祁學長

懺到深時憾抱多，此身哀樂久消磨。春霞有路情為棧，滄海無風心亦波。
百種痴間名最執，十餘年後命如何。既將生死歸文字，壘塊何妨酒一過。

名古屋東亞漢學會議歸後作

拙疏常愧預英流，唯信文章益講求。師友風華隨俯仰，波瀾學海共沈浮。
曾經蟹嫩療飢肚，也任楓紅洗倦眸。忌甚藏脩妨至道，相期再續白川遊。

女兒香二題

清馥天南久譽揚，影梅庵下舊懷長。窺簾冶袖偷韓掾，遺令微束散魏王。
用世深時甘碎玉，負傷執處始流芳。何妨身骨同焚火，寄與人間一縷香。

雨餘一炷晚晴天，寮步瓊脂動百年。血結浮香宜曝日，玉煎沈水不飛煙。
從來郁烈爐燋爇，忍看芳魂風折旋。細拾寶猊煨燼冷，粵東此物最纏綿。

林立智《食煙火集》

記兒童樂園初見

雲下擊蒼鷹，天輪恣意憑。風沉迫香汗，口渴嚼春冰。
遠岸空如洗，微光月有稜。芳心逐飛馬，悄悄繫朱繩。

宿關仔嶺

枕手橫香簟，空山聽杜鵑。開襟銷酒氣，裸足試溫泉。
回首報一笑，隔煙生可憐。獼猴不解趣，窺看綠窗邊。

廿七初度

可能年歲抑輕狂，負手沉吟每自傷。一向多情憐賀鬼，如今敗興看孫郎。
拾花驚覺天將老，對鏡悲鳴鬢已霜。屈指平生孰得意？詩囊隱有酒囊香。

註：末句本欲作「女郎香」，奈何當時女友在側。今還他本來面目。

美人樹

日下影婆娑，人前嫵媚魔。綠腰披薜荔，紅膩濕松蘿。
秋冷風光少，香殘棘刺多。刺多待君子，愛我但廝磨。

廿八初度

夢中人入夢猶頻，花下淚沾花愈辛。酒興同眉眼齊老，胸襟與手筆終勻。
算功名在孫山外，發鬢雪先潘岳新。巨醉哉誰泣玄草？大風去雨打青蘋。

冰沙

是誰杯底弄頻頻？記得曾經未染塵。隔夜啜來滋味薄，請君憐取淚痕新。
餘生慣歷風波後，大夢應期滄海濱。愁絕和它恰相似，至今不遇買詩人。

林宸帆《波岸詩抄》少一首絕句

抹茶冰沙

値子罕來臺，與諸詩友聚於咖啡館。子罕點冰沙起興，遂課以「抹茶冰沙」為題作一七律。然今日一別，他朝會面何時？有感如此，豈不悽然？

飄蕩抹茶萍跡似，平生如幻認浮漚。幾回翻弄人無那，不減風霜霰更流。
塵裡殊途聚猶散，杯緣涓露淌還休。從來冷暖何須道，一縷冰心已自留。

次韻子罕瓶花詩

挹注何如淚滿頤，無情流水自矜持。今宵芳馥應同昨，過眼紅顏又幾時。
多事春風徒惜也，一生皷藥豈離之。從茲身既小囹圄，漸信深閨爭展眉。

偶拾初蕊小雨有懷示諸生

戊戌年，余至竹圍高中實習，然時日白駒，半載如一日。縱懷老牛舐犢之情，奈何行將相別，爭不悽然？是以有作。

記得當初遊歷處，于今人事豈勝悲。蠶蛾化畢絲無用，燭火餘灰蘂漸離。
幽草縱隨風外落，殘英應是雨中滋。君知花有重開日，何不惜花枝上時。

滬尾別贈子罕兄

初識子罕兄于滬城，然余經年負笈于此，同為他鄉人，一見如故。有感萍水鴻爪，誰非過客？遂作一絕，聊以遣興。

忍向天涯別旅人，孰非塵世異鄉身。計程莫覺瀛洲遠，祇隔眸中一水濱。

桃機贈別子罕兄口占天地多顏色，詩心何杳濛。纔吟三疊矣，飛翼已蒼穹。

當時二首并序

庚子之夏，七月幾望，僕與會諸生之邀讌。別後迅景似梭，迴思種種，竟未察二年已過，諸生尋負笈上庠。有感於茲，遂有作。

其一　幸得忠班所贈畢冊

一紙秋心卻陽夏，細思點滴獨傷神。展書爭忍翻新頁，縱有當時絳帳春。

其二　有別諸生

爾後天涯各路人。嘆驩到此也前塵。暫休笑我多情甚，祇是當時已認真。

詹培凱《培凱詩草》

彰師大校園即景四首

白沙湖

漫灑湖光碧水天，清風無意起波漣。小橋輕跨椰林岸，未擾魚龍自在眠。

五棵樹大道

長鬚垂掛五株榕，蒼勁身軀蔭幾重。廣庇儒生歷寒暑，勛勞猶勝大夫松。

登山步道

石徑苔階向卦山，天光錯落映幽閒。青衿誰識窮通理？婉轉鳥鳴蒼翠間。

自校園遙望台化煙囪

勢欲擎天俯近鄰，毒龍肆虐黯紅塵。權商不改爭民利，夜路何曾懼鬼神？

台北街景四首

青田街

晴光接翠樹吟風，舊瓦新翻塵底紅。轉過繁囂殊境界，清幽環鎖鳥鳴中。

永康街

真疑異國薈京華，雅韻風情別樣花。交錯人文成趣景，迢遙四海結鄰家。

華西街

人車似水漫紛紛，鬧市街燈黯晚雲。誰惜脂香魂夢斷，春心一夜蕩波紋。

迪化街

經貿百年餘韻存，縈迴古意久迎門。如今舊宇昂然在，空對磚牆寂寞痕。

莊岳璘《南華玉雲吟稿》

贈懷之老師

丹心守四端，身是一幽蘭。兩岸爭相聘，明星耀杏壇。

和鶯聲詩社霖翰兄春雨　其三

未解心田不盡愁，明珠欲墜匯清流。窗前不見歸颿影，唯有千絲鏁渡頭。

聞淑芬老師寓言有感　其二

身披星月至三更，夜夜通宵百病生。天若希圖人不寐，兩烏相替四時明。

淡水河岸攝影

江邊白鷺好淹留，悄悄移身近渡頭。莫使長弓傷好鳥，快門輕閃亦豐收。

東吳學子

百年庠序在，十里有弦音。靜立雙溪岸，閑聆萬籟吟。
韜光懷正氣，修業啓文心。願效完人志，時時法古今。

深閨抒懷

夢中淚灑天涯岸，遊子如雲喚莫回。腹裡愁腸咸欲絕，心頭亂結不曾開。
冬雷未響山猶在，春雨輕彈燕復來。無意與花相鬥艷，蘭房擲鏡罷妝臺。

論微謙學長詩

東吳才子震儒林，三篋藏胸識古今。舉手皆懷清雅致，暢言還具盛唐音。
社中美譽颺千里，筆下珠璣值萬金。百代詩書將失色，陳王八斗始相尋。

天籟吟社九十五週年社慶徵詩集錦

臺北市天籟吟社九十五週年社慶徵詩比賽得獎作品

徵詩主題：以「習詩」或「作詩之經驗」為範圍，題目不限。

創作體裁：七言律詩、五言律詩、七言絕句各一首，限平聲韻目（以平水韻為準），且須符合古典詩格律。

複審：武麗芳老師（中華民國傳統詩學會副理事長）
陳建男老師（中央研究院中國文哲所博士後研究員）
張富鈞老師（網路古典詩詞雅集版主）

決審：文幸福教授（臺灣師範大學 國文系退休教授）
李知灝教授（虎尾科技大學 通識中心助理教授）
楊淙銘教授（臺灣師範大學 國文系講師）

第一名

楊龍潭

作詩有感

為詩甘苦感吟軀，獺祭成篇屢撚鬚。
立意辨題頻鍛鍊，抒情言志豈含糊。
千般景物心靈造，大塊文章筆墨濡。
風雅功深生異彩，期能指日取驪珠。

游藝於詩

無邪千古調，聲遏斗牛墟。
格律欣能續，風騷莫使疏。
寄情游六義，言志惜三餘。
笑問功成日，還須墨幾渠。

作詩偶成

格律推敲似鼎煎，莖鬚撚斷未成眠。
忽來天外生奇句，春草池塘到眼前。

第二名

詹培凱

作詩

一字艱難百鍊生，寒燈夜裡照心明。
無端思到空靈處，筆落山河點染成。

吟詩

新聲揚古韻，字句醒春眠。
淡出詩中髓，輕催心上弦。
情深隔煙雨，氣蕩闊雲天。
明日桃花蕊，風開始自然。

尋詩

久遺彩筆賦情衷，大塊詩心與夢同。
一抹煙嵐山撲翠，幾重霞色雨殘紅。
塵囂轉過鶯村路，景氣縈迴滿袖風。
料是浮雲能解意，遠看飄渺有無中。

第三名

學詩歲暮有懷

鄭世欽

壁間書蠹飽奇文，高臥深居遠垢氛。
茗煮蘇詩仙羽舉，墨磨王帖惠風薰。
已栽新竹望春雨，更遣曹溪托月雲。
舒捲冬心寒欲盡，暗香吟屐嶺頭聞。

山居與諸友春日尋詩

山屋眠雲枕，夢殘晨露滋。櫻燃高下色，鳥囀短長詞。
群徑蒐春句，一泉涵妙思。歸來吟橐滿，銅貝論新詩。

註：末句乃詩友間的一種遊戲。將眾人所寫的詩羅列於牆上之白板，每首詩下擺一小罐，若覺哪一首詩寫得好，就將一元銅板投入罐中，每人可選五首詩，罐中銅板最多者為勝。每一個人都是詞宗。

習詩偶得

三載搜腸吟兩句，壁書相對默無言。
騷人盡是癡情客，山寺尋春月下門。

優選

吳俊男

與來訪諸友分韻賦詩

東來紫氣逐雲升，倒屣門庭喜迓朋。
綠綺一聽凡慮去，黃封對飲雅懷興。
搖窗修竹同敲字，鳴野寒蛩共逞能。
分韻吟詩不知晚，三更快意盞猶憑。

偶吟

深沉杜工部，飄逸李青蓮。
久步前人徑，才知遠岫巔。
披書思汲粹，鍊字似臨淵。
我亦追高古，他朝誓比肩。

憶於藥樓習詩

工部流離意愈沉，玉谿坎壈句偏深。
欲聽泰斗論詩法，園鳥山雲共一臨。

優選

李昆漳

學富詩靈

首先經典必精明。腹笥才華智慧生。
掛角攻書追李密。擹箋遣句效劉楨。
青蓮活絡千秋頌。子美崇高萬世名。
詩聖詩仙同景仰。敲金戛玉振天聲。

詩仰天籟

九五年詩社。人文效古賢。
清高同子美。瀟灑並青蓮。
落筆深思慮。攻題壓眾妍。
馳名天籟調。韻味最新鮮。

詩句倒裝法

自慚昔日學唐詩，未解前賢造句奇。
年到古稀方醒悟，碧梧棲老鳳凰枝。

優選　　　　張秀娟

作詩經驗談

弄月吟風愧寫詩，氣求聲應且相期。
句能超俗方稱妙，才可奪標免受欺。
心血休從窮裡嘔，襟懷應許靜中披。
文章莫道多為貴，拙速何曾勝巧遲。

作詩經驗談

烹經還煮史，鷗鷺氣相聯。
早訂金蘭譜，同賡翰墨緣。
風流追子美，瀟灑紹青蓮。
鄒魯遺徽在，文光射斗躔。

作詩經驗談

學詩渾似學參禪，靜坐蒲團不計年。
點石成金猶是妄，高山流水自其然。

優選

蔡元直

甌江詩旅

海門天險閱興亡，浪捲腥風舊戰場。
落日雞山尋古道，虎碑埋草砲台荒。

眞僞詩人

騷壇壁壘堅，真偽鬧翻天。
玉尺難成器，金牌不值錢。
一言知雅俗，七字辨媸妍。
市儈填牙慧，綸巾詡謫仙。

鐘鉢和鳴

擊起詩心筆有神，寒山月落景陽春。
聲諧鳳律元音播，器炳龍文道氣伸。
翰苑三迴催白戰，璇宮一杵醒紅塵。
奉天聖域揚天籟，鐘缽和鳴化九垠。

優選　　林文龍

賦詩

同詠霓裳破寂寥。吟鬚撚斷慣燈挑。
艱深漸薄同光體。樸雅時親里巷謠。
老去杜陵詩律細。賦歸彭澤酒儔邀。
長城五字爭馳騁，奪壘誰如霍驃姚。

鏖詩

島瘦郊寒外。誰堪起異軍。
漫依金谷例。待遏玉山雲。
風骨賡天籟。罍樽萃雅群。
要關邦國計。掀揭策殊勳。

學詩

改罷新篇尚琢磨。苦心端欲學陰何。
陽春白雪尋常事。磅礴還追壯士戈。

優選

寫詩偶感　　洪淑珍

立意相題今古同，暢舒興致發由衷。
推敲總在吟哦裡，美刺寄於含蓄中。
常有攤箋情未已，偏生下筆句難工。
如何做個生花夢，從此綿綿藻思雄。

習詩之樂

負笈追風雅，詠吟滋味長。
任真窺五柳，成律步三唐。
高遠幽懷契，清新逸思揚。
優遊詩藝圃，幾忘鬢飛霜。

夜吟

風簷得句夜中宵，舉首玲瓏月色饒。
彷彿笑余情盍摯，耽吟鎮日忒無聊。

優選

何維剛

端陽贈諸詩友

風雅追攀時愧心，喜從端節賦新吟。
孤高自適元和體，玄雅誰談正始音。
釣句每須茶作餌，裁篇猶著酒為針。
詩情常願如箕帚，掃盡靈臺歲月侵。

數日燥溽久未作詩

囊滯衷情句，經旬未補裁。
蔽天雲幕散，曬我腹書開。
煩鬱緣蟬噪，清幽欠雨催。
烹茶頻檢韻，願得放心回。

道中遇雨歸後作

毀譽隨人飲水知，半生脾性不偕時。
霏霏細雨渾無礙，只道風流咎在詩。

佳作

陳國勝

作詩感賦

作詩三十幾星霜，沉浸鑽研未肯荒，
見識新知遵格律，宣傳古道熱心腸，
遺懷勤撰風承漢，述志豪吟韻紹唐，
後繼無人憂不已，殷期國粹史流長。

茗佐敲詩

願負騷人責，揚風歲月賒。
殷勤宣道統，切實顯才華。
琢句頻搔首，摛詞每品茶。
欣逢靈感至，頃刻筆生花。

憶學生時期學作詩

當初惜取少年時，慕古文人學作詩，
分辨仄平諳押韻，幾經寒暑夜眠遲。

佳作　　黃金寅

學詩後感

漢藻薰陶六義耕，集思綱領說分明。
相題立意先描景，蒐料安章次寫情。
定句調音遵古韻，修辭鍊字發新聲。
僅供後進研詩學，方向稱宜步玉成。

作詩感言

偶句該工整，奇文必暢亨。
短篇題律絕，長賦寄歌行。
望海騰弘志，登樓憶故情。
只祈臻意境，金榜不爭名。

投稿偶感

典雅詩辭意象妍！鏗鏘聲律媲琴弦。
眼觀截稿臨期限，夜夜推敲未敢眠。

佳作

龔必强

大唐詩家

大唐詩韻古今傳，代代騷人仰聖賢。
三吏當知杜工部，千秋還憶李青蓮。
蕭蕭邊塞高岑句，漠漠田園王孟篇。
少伯牧之成絕響，無題商隱夢魂牽。

詩會有懷

鯤瀛存禮樂，詩會好賡詩。
肝膽扶文運，詞章濟道危。
觴懷王內史，句詠杜分司。
海角飄吟幟，風人逸興馳。

學詩有感

春風秋月解詩饞，最是相逢十五咸；
一點靈犀生妙筆，吟成警句意非凡。

佳作　郭三河

載筆行

輕車載筆曉風柔，花影飄搖去路悠。
擷盡精華隨足用，難能韻雅得超儔。
十年刻意親黃卷，三復虛心到白頭。
感謝師朋多指教，於今焉敢不豐收。

試筆

試筆暗藏舟，欣將好句投。
花間多墨客，竹外萃騷儔。
禪味涼中得，詩情靜裡求。
詞新豪氣發，此日盡風流。

苦學詩

喜愛斯文苦學詩，也攀風雅習填詞。
偶然得趣連天樂，此癖耽心老更癡。

佳作

許朝發

憶初習詩詞

弱歲少愁眉，摘文拈惡詩。
吟魂酒腸礙，筆力卷評知。
俗病無靈藥，詞源待鬢絲。
唯希後人讀，薄識姓名誰。

寫作投稿

冥搜二酉探唐音，日午耽書到月臨。
幽圄新囚鄰孟骨，齋居適趣置陶琴。
不將澀字充魚目，多向生涯寄苦吟。
詩榜非求名利處，篇藏郢架證金針。

學詩有感

曾教俗眼晲騷章，齒長方羞豎子狂。
欲擬詩家無敵手，恐貽未奪鬢成霜。

佳作

黃冠人

樂籟樂

敲金戛玉萃群英，載道騷壇立美名。
黑水雲翻船激浪，稻江心礪彩懸旌。
悠柔飛曲吟音播，蘊藉傳薪講席迎。
九五春秋天籟頌，三千豪客鉢詩賡。

詩緣

前生幾世修，風雅結詩儔。
錦繡心中織，珠璣紙上酬。
吟哦平水韻，馳騁管城侯。
未為貪酣樂，增華踵事謀。

詞斧

利斧斫裁誇瞬間，文成麗藻雜蕪刪。
千鈞筆力風雷振，扭轉乾坤月桂攀。

佳作

余雪敏

習詩有感

蓬首荊釵卻愛詩，縱吟李杜更神馳，
歸休習韻為馮婦，學步邯鄲盼有姿。

習詩入選有感

曾逢瀛社百周年，鄉土徵詩截稿前，
遍索枯腸猶曳白，親遊潮境立成篇。
學膚有獲誠欣喜，困勉無功亦可憐，
幸得明師教不倦，但期閒詠到天年。

老來習詩

半世油鹽裡，老來習賦詩，
終宵猶展卷，竟日亦搜詞，
不得江淹筆，更無李白資，
入門誠不易，風雅可能期？

佳作

邱天來

習詩經驗

達意詩情韻味珍，卻慚獨學見酸辛，
推敲律細難諧俗，雕琢痕留忌失真，
走筆書空徒咄咄，苦吟獺祭竟陳陳，
牆隅靜看蛛添網，觸我興懷句有神。

苦吟

苦吟窮至骨，古雅強扶持，
詩本無邪旨，情從少歲疲，
謀篇難稱意，問道嘆多歧，
律細來宗杜，新潮不讓欺。

寫詩歷程

著意窮研未廢吟，難工一字坐宵深，
推敲兩可繁無次，妙緒絲抽總莫尋。

佳作　　　李柏桐

塗抹詩書

湧現詩情落筆耕，痴看景色困詞更。
何當硯友佳文賞，搔短頭絲托墨橫。

詩中畫

字句呈心境，春秋意想生。
詞同青竹雅，筆共白雲行。
影出思隨轉，形無景卻明。
霜華文擦抹，色相半空橫。

詩情

長短吟哦委婉悠，風花雨草自抒愁。
天涯共月相思意，咫尺同簷互怨惆。
淡日疏煙長寂寞，重巒萬水訴離憂。
詩歌總似春江畫，寄景初衷是說情。

佳作

洪高舌

擊鉢聯吟

年年擊鉢北南中，到處奔馳興不窮。
竭智吟鬚鷩撚斷，搜腸枯腹感掏空。
分清題目爬梳確，費盡心思字句工。
交卷最慌時刻到，裁詩未就覺匆匆。

第一次參加全國詩人聯吟大會

四十年前事，攤箋逸興生。
隻身趨赴會，當日便回程。
下筆須臾就，交詩不競爭。
因而無待榜，豈復望題名。

參加全國詩人聯吟大會

徂南往北費時空，抵達將臨截稿終。
信筆塗鴉聊塞責，何須成敗論英雄。

臺北市天籟吟社九十五週年社慶徵詩比賽決審會議紀錄

會議時間：二〇一四年九月二十九日（二）下午四時
會議地點：臺北市天籟吟社（臺北市民權西路53號12樓）
決審評審：文幸福（國立臺灣師範大學國文學系教授退休）
李知灝（國立虎尾科技大學通識中心助理教授）
楊淙銘（國立臺灣師範大學國文學系講師）
（依姓名筆畫序）

記　　錄：楊維仁

會議開始前先由主辦單位臺北市天籟吟社報告本次徵詩收稿狀況，共有一百四十七首作品投稿參賽，由複審評審武麗芳（中華民國傳統詩學會副理事長）、陳建男（中央研究院中國文哲所博士後研究員）、張富鈞（網路古典詩詞雅集版主）進行複審，三位評審各推薦二十五首，共計三十二首作品晉級決審。決審應選出第一名、第二名、第三名各一名，優勝七名，佳作十名，合計二十名。決審會議公推文幸福教授擔任主席，並決議每位評審第一輪各自勾選二十首作品。

第一輪投票結果

三票作品：〇〇五、〇一四、〇五一、〇六一、一〇〇、一〇九、一一一、一二六、一二八，共計九首。

二票作品：〇〇四、〇一九、〇六八、〇六九、〇七〇、〇八〇、〇八八、〇九三、〇九九、一二二、一四〇、一四五，共計十二首。

一票作品：〇一六、〇六六、〇六七、〇八五、〇九二、〇九六、一三三、一四一、一四二，共計九首。

零票作品：〇九五、一三四，共計二首。

第一輪討論

三票作品：經討論後，全數進入第二輪評選。

二票作品：經討論後，因格律問題剔除〇〇四、〇六八、一四五，餘下九首進入第二輪評選。

一票作品：經討論後，選取〇六七、〇八五兩首進入第二輪評選。

三位評審逐首討論第二輪評選之二十首作品後，進行第二輪評分投票。每位評審分別給予最佳作品一分，次佳作品二分，再其次三分，以下類推。

第二輪投票結果

〇〇五：文幸福六分、楊淙銘十一分、李知灝十五分，共計三十二分。
〇一四：文幸福十二分、楊淙銘六分、李知灝七分，共計二十五分。
〇一九：文幸福七分、楊淙銘十四分、李知灝三分，共計二十四分。
〇五一：文幸福十一分、楊淙銘七分、李知灝六分，共計二十四分。
〇六一：文幸福三分、楊淙銘一分、李知灝二分，共計六分。
〇六七：文幸福十九分、楊淙銘十五分、李知灝十八分，共計五十二分。
〇六九：文幸福十三分、楊淙銘十三分、李知灝十六分，共計四十二分。
〇七〇：文幸福十七分、楊淙銘十九分、李知灝四分，共計四十分。
〇八〇：文幸福十六分、楊淙銘二十分、李知灝八分，共計四十四分。
〇八五：文幸福二十分、楊淙銘八分、李知灝十九分，共計四十七分。
〇八八：文幸福八分、楊淙銘四分、李知灝十三分，共計二十五分。
〇九三：文幸福十九分、楊淙銘十八分、李知灝十四分，共計五十一分。
〇九九：文幸福十四分、楊淙銘十七分、李知灝十二分，共計四十三分。
一〇〇：文幸福四分、楊淙銘三分、李知灝五分，共計十二分。
一〇九：文幸福九分、楊淙銘五分、李知灝九分，共計二十三分。

一一一：文幸福十分、楊淙銘十分、李知灝一分，共計二十一分。
一二二：文幸福十八分、楊淙銘十六分、李知灝十一分，共計四十五分。
一二六：文幸福五分、楊淙銘十二分、李知灝二十分，共計三十七分。
一二八：文幸福二分、楊淙銘二分、李知灝十分，共計十四分。
一四〇：文幸福一分、楊淙銘九分、李知灝十七分，共計廿七分。

第二輪討論

評審決議依分數選出〇一四、〇一九、〇五一、〇六一、〇八八、一〇〇、一〇九、一一一、一二八、一四〇共十首進入第三輪評選，其餘十首為佳作。並決議佳作排列順序為：〇〇五、一二六、〇七〇、〇六九、〇九九、〇八〇、一二二、〇八五、〇九三、〇六七。

三位評審決議對第三輪評選之十首作品進行評分投票，每位評審分別給予最佳作品一分，次佳作品二分，再其次三分，以下類推。

第三輪投票結果

〇一四：文幸福十分、楊淙銘六分、李知灝四分，共計二十分。

〇一九：文幸福五分、楊淙銘七分、李知灝六分，共計十八分。
〇五一：文幸福九分、楊淙銘十分、李知灝五分，共計二十四分。
〇六一：文幸福三分、楊淙銘四分、李知灝三分，共計十分。
〇八八：文幸福六分、楊淙銘五分、李知灝九分，共計二十分。
一〇〇：文幸福四分、楊淙銘二分、李知灝十分，共計十六分。
一〇九：文幸福八分、楊淙銘九分、李知灝八分，共計二十五分。
一一一：文幸福七分、楊淙銘八分、李知灝七分，共計二十二分。
一二八：文幸福二分、楊淙銘一分、李知灝一分，共計四分。
一四〇：文幸福一分、楊淙銘三分、李知灝二分，共計六分。

第三輪討論

評審決議依評選分數選出第一名為一二八，第二名為一四〇，第三名為〇六一，其餘七首為優選。並決議優選先後排列順序為：一〇〇、〇一九、〇八八、〇一四、一一一、〇五一、一〇九。

經主辦單位臺北市天籟吟社比對編號與作者，得獎名單如下：

第一名：一二八　楊龍潭。

第二名：一四〇　詹培凱。

第三名：〇六一　鄭世欽。

優選一：一〇〇　吳俊男。　優選二：〇一九　李昆漳。

優選三：〇八八　張秀娟。　優選四：〇一四　蔡元直。

優選五：一一一　林文龍。　優選六：〇五一　洪淑珍。

優選七：一〇九　何維剛。

佳作一：〇〇五　陳國勝。　佳作二：一二六　黃金寅。

佳作三：〇七〇　龔必強。　佳作四：〇六九　郭三河。

佳作五：〇九九　許朝發。　佳作六：〇八〇　黃冠人。

佳作七：一二二　余雪敏。　佳作八：〇八五　邱天來。

佳作九：〇九三　李柏桐。　佳作十：〇六七　洪高舌。

天籟吟社顧問葉世榮先生米壽賀詩專輯

天籟吟社顧問葉世榮先生米壽賀詩

敬賀葉世榮詞長米壽

姚啓甲

欣登米壽大詩人，譽滿騷壇數十春。
韻步勵心成道範，調吟天籟喜傳薪。
賢妻肖子全家睦，匡世弘文本性真。
福慧雙修猶矍鑠，鷗盟祝嘏鶴雲鄰。

敬賀葉世榮先生米壽二首

楊維仁

稻埕營殖自安身，街肆紛繁未染塵。
八十八年深閱歷，澹懷幽韻屬高人。

清臞風骨老詩仙，天籟長吟七十年。
歲月優游登米壽，群英祝嘏拜耆賢。

賦呈賢硯兄葉世榮禮讚

鄞強

米壽齡登頌世榮，可欽人讚入門生。
錫麟夫子親承誨，天籟調吟逸韻聲。

敬賀葉世榮老師米壽

周福南

久聞壇坫仰良師，耄耋精神李杜詩。
天籟仗朝誇米壽，礪心承脈振鴻儀。
雄篇挽俗心猶壯，扢雅揚風志益馳。
逸老今登欣朗健，文光閃爍耀邦基。

敬賀葉顧問世榮米壽華誕

林瑞龍

今登米壽社齡尊，天籟元音碩果存。
自牧謙沖君子仰，恆升日月柏松繁。

恭賀葉世榮老師米壽誌慶

林　顏

稻埕碩彥奕勛翁，儒雅謙虛見識豐。
領導騷壇才出眾，經營鞋廠氣如虹。
千篇著作珠璣麗，一代宗師德望隆。
八八遐齡身矍鑠，南山壽比共呼嵩。

恭賀葉世榮老師米壽誌慶

鄭美貴

鵬城耆宿播書香，天籟吟風韻事揚。
八八松齡神矍鑠，星星鶴髮體安康。
才華拔萃詞源廣，學識超凡品性良。
春宴宏開鷗鷺集，舉杯祝嘏壽無疆。

賀葉世榮老師八八大壽誌慶

蔡久義

鵬城耄宿福臨身，八八榮登富貴春。
酣酒縱情兼重義，鏖詩拔幟更傳神。
詞壇老將心清爽，文獻雄才性最真。
晉爵兒孫堂滿影，鷗盟祝嘏語相親。

恭祝葉老師米壽

謝武夫

騷壇名宿奕勛師，天籟吟風創作者。
祝米同祈茶壽宴，滿堂歡慶樂哦詩。

賀葉顧問世榮老師米壽

林長弘

稻江瑞氣燦星光，八八耆儒慶壽昌。
詩境恆心宏翰墨，騷壇致力廣瑤章。
德高望重人欽仰，博學謙虛世讚揚。
古韻傳薪天籟調，崇仁善賈散芬芳。

葉世榮老師米壽誌慶

許澤耀

礪志詩詞七十年，清吟天籟樂薪傳。
春風百廿添仁壽，壽比南山不老仙。

敬賀葉世榮老師米壽

陳麗卿

天籟調傳功厥偉，葉師親炙述三薰。
礪心書讀工精進，砥柱詩吟譽大員。
氣骨稜稜似貞竹，才情卓卓更凌雲。
欣聞米壽摛詞賀，卅歲宏添以振文。

敬賀葉世榮老師米壽

陳麗卿

天籟吟聲響遏雲，領銜葉老卓功勳。
述三薪火榮傳世，米壽賀君茶壽君。

祝天籟顧問葉老師世榮先生八八壽慶

康英琢

佳辰祝嘏已期頤，八八高齡福祿隨。
譽布騷壇宜不朽，今為顧問仰威儀。
商場貿易稱先覺，翰苑推敲啓後知。
天籟欣逢春酒宴，金樽慶頌共題詩。

敬賀葉世榮老師八八米壽

陳文識

健步隱儒商，才高志氣昂。
礪心詩教廣，天籟調吟長。
勞力騷壇久，豐功寶島揚。
歡呼歌米壽，額手祝嘉祥。

賀葉世榮師八秩晉八

陳碧霞

欣逢米壽頌其脩，祝嘏歡聲齊唱酬。
淡泊雲煙成道範，炎涼日月見清流。
豁然心境誰堪比，坦蕩襟懷何所求。
天籟吟風傳遠近，騷壇俊傑芷蘭幽。

敬賀葉師米壽

吳莊河

慈祥經世正，和藹不榮誇。
社眾尊前輩，葉華春興賒。

賀葉世榮老師米壽之喜

甄寶玉

彬彬謙遜一儒商，天籟吟風韻事揚。
庚子花開春暖日，欣逢米壽祝無疆。

賀世榮前輩八八上壽

張民選

稻江街口一名賢，文武兼才語帶禪。
健步如飛商市立，高吟不倦漢音傳。
誨人恭慎情詩道，處世溫和樂鶴年。
華誕今逢歡米壽，期頤可慶足怡然。

賀葉師米壽

余美瑛

庚子欣逢雙八數，騷盟歡宴福君堂。
葉師最喜吟風月，米壽當宜酌酒漿。
冠蓋二樓多俊彥，賦文五席盡琳琅。
礪心鷗鷺無倫比，再舉金樽祝康強。

恭賀葉世榮老師米壽誌慶

張素娥

日月同輝米壽歌，騷壇倚重藝妍多。
稱觴祝嘏齊天籟，松柏長青七字哦。

謹賀葉世榮顧問米壽華誕

李柏桐

礪心耆宿擅詩吟，天籟勤功誦藝深。
唱韻滄桑迴雅室，賢風磊落惠詞林。
清飄養素儀高品，親炙傳承采樸忱。
喜遇開春添福海，簪紳後進共歡心。

祝賀葉世榮老師米壽

洪淑珍

華髮有情轉景光，詩書並好又宮商。
學承天籟人謙厚，世仰吟風韻抑揚。
仁者襟懷膺大嘏，騷朋錦繡獻佳章。
春杯滿引介眉酒，齊頌先生恆壽康。

恭祝葉世榮老師米壽
陳麗華

共祝期頤在眼前，新春獻壽慶稀年。
明星皎皎凌雲燦，古柏亭亭終歲妍。
經世才高傳道學，礪心齋靜促詩篇。
稻埕崇德一儒士，榆景悠悠樂似仙。

賀壽天籟吟社葉世榮老師
周麗玲

蒼勁悠揚古調聲，社齡甲子獻精誠。
何其米更期茶壽，敬奉金觴萬世榮。

恭祝葉世榮老師米壽
吳秀真

米壽耆儒閱歷豐，騷壇享譽韻吟風。
新春歡宴杯高舉，齊祝安康福慧隆。

祝賀葉世榮詞長八秩晉八大壽
王百祿

福君海悦照金霞，天籟吟風眾口誇。
祝壽最宜三好米，相期共飲白毫茶。

恭祝葉世榮老師米壽
張珍貞

天籟耆儒溫且恭，童顏鶴髮立如松。
子年春酒持觴賀，吟詠騷壇氣似龍。

祝天籟社耆葉世榮老師米壽詩
劉坤治

福君海悦設華筵，天籟吟風壽宴前。
戛玉敲冰聲旖旎，飛觴競醉祝長年。

敬祝葉世榮老師米壽
張富鈞

春風開處酒筵開，為祝先生米壽來。
彭澤洪名詩卷首，陶朱小隱稻埕隈。
述懷吟處軒昂意，紹學礪心雍穆才。
八十八齡人共羨，群仙祝嘏奉金杯。

敬賀天籟吟社顧問葉世榮老師米壽
莊岳璘

轉喉吟遍陽春雪，天籟餘音感萬靈。
遠眺南山松柏翠，蓬壺日麗賜遐齡。

天籟吟社一百週年考辨

天籟吟社一百週年考辨

何維剛

關於天籟吟社的成立時間，潘玉蘭《天籟吟社研究》已有詳考，其推測天籟吟社成立時間當在大正十一年（1922），當為的論。[1]唯潘氏於辨析天籟吟社創社時間考辨上，囿於當時文獻證據的限制，許多問題未得盡意。兼以其對創社時間的推斷，多源自《臺灣日日新報》報導等「文」之外緣證據，實則天籟社友內部吟唱、刊登的詩作，亦有不少慶賀創社週年紀念之作，頗可視為詩社研究中「詩」的內部線索，得補白既有研究中文獻證據之不足。天籟吟社創立百年，誠為臺灣詩壇佳話，但若創社時間辨析不清，致使創社「百」年紀念成為「白」年紀念，豈不貽笑千秋？因而特撰此文，為天籟吟社創立於大正十一年（1922）的說法補充相關證據，以此與詩壇、學界前輩商榷，幸其可否。

一、天籟吟社成立於大正十年（1921）、大正九年（1920）二說辨疑

天籟吟社的成立時間舊有三說。一說為成立於大正十一年（1922）；一說成立於大正十年（1921）三月；一說成立於大正九年（1920）。關於成立於大正十一年（1922）將於下一節加以申論，此處僅就大正十年（1921）與大正九年（1920）二說加以辨析。

（一）天籟吟社成立於大正十年（1921）商榷

潘玉蘭《天籟吟社研究》指出天籟吟社成立於大正十年（1921）的說法，主要出自陳鐓厚《天籟吟社集》與陳鶩癡〈天籟吟社與林述三〉。陳鐓厚《天籟吟社集．緒言》指出：「我天籟吟社民國十年三月創立。」[2]陳鶩癡〈天籟吟社與林述三〉則指出：

天籟吟社於民國十年三月（日大正十年）在先生指導之下，由礪心齋同學會同人創立，並推先生為社長，同學會同人有詩趣者盡量充為社員。……民國十一年三月（日大正十一年）創立一週年紀念，柬邀全省吟社友，在太平町三丁目「春風得意樓」酒樓，舉行全省第一次國詩詩人大會，出席者百七十餘人，極一時之盛。[3]

陳鐓厚，字硬璜，號毓癡、逸民、禮堂。其曾以〈友人來訪感賦〉發表於《詩報》226號，但更多是以毓癡作為其發表筆名。[4]相對於此，陳鶩癡一名於史冊文獻上僅見於《臺北文物》此一刊物，三四十年代重要的報紙刊物如《臺灣日日新報》、《詩報》等，未曾見於有此一作者投稿。[5]二說看似出自二手，實則陳鐓厚、陳鶩癡可能為同一人。其證有二。其一、陳鐓厚《天籟吟社集》與陳鶩癡〈天籟吟社與林述三〉，對於林述三生平介紹的行文幾乎完全一致，可參照對比如下：

《天籟吟社集》

卜居台北廳大加納堡大稻埕中街（現台北市迪化街一段一五四號）設立國文研究塾（後改稱為礪心齋書房）。吾師自少聰敏，攻苦寒窗。十八歲時能幫父訓童蒙。二十六歲時父歿，繼父志。專心致力，不服異族。長執教鞭，闡明國學。間受日人制壓數次之多，難以枚舉。

至民國二十四年（即日昭和十年），日人以藉漸進皇民化為題，強制被廢除國學（惟國詩學不廢）。吾師力挽狂瀾，不屈不撓，潛伏期間，口受心傳。且利用既設立天籟吟社（民國十年三月即日大正十年三月設立），培養愛國詩人，貢獻學界，宣揚國粹，鼓勵民族之精神，扶輪大雅，景慕祖國之懷抱。潛心殫力，未嘗懈怠。人格高潔，絕無外求。一世清貧，惟學是務。至今歷四十七年受其薰陶，出其門下者不可勝數。

〈天籟吟社與林述三〉

卜居臺北廳大加蚋堡中街（現臺北市迪化街一段一百五十四號），設立國文研究塾（後改稱為礪心齋書房），自少攻苦寒窗，十八歲時能幫父訓童蒙，二十六歲時，父文德公歿，繼父志，長執教鞭，闡明國學。

至民國二十四年（日昭和十年），日人藉漸進皇民化為題，強制廢除國學，先生不屈不撓口受心傳，利用既設天籟吟社，宣揚國粹，鼓勵民族精神，一世清貧惟學是務，至今歷四十八年受其薰陶，不可勝數。

二篇文章文辭相近處，皆已用底線標示。由此可見，〈天籟吟社與林述三〉文中部分是由《天籟吟社集》濃縮改寫而成，尤其《天籟吟社集》稱「至今歷四十七年受其薰陶」，至〈天籟吟社與林述三〉則稱「至今歷四十八年受其薰陶」，就出版年而言，二文出版可能相差兩年，但如僅就此處文獻內證來看，二文的寫作實則可能只差距一年。[6] 其二、〈天籟吟社與林述三〉一文中論及天籟社友，多以「同學」稱之，如「是年三月同學蔡奇泉」、「同學吳紉秋為編輯兼發行人」，此意味作者亦為礪心齋門下。由此來看，〈天籟吟社與林述三〉作者陳鶩癡亦當為林述三弟子，推測當為陳鐓厚無疑。如若陳鐓厚、陳鶩癡同為一人，則可知天籟吟社成立於民國十年（大正十年1921）之說，實為陳氏一家之言的孤證，且並無明確的文獻證據可供參酌。

至於陳鐓厚所言「在太平町三丁目『春風得意樓』酒樓，舉行全省第一次國詩詩人大會」，就其描述應當盛會非凡，但就今日所存文獻來看，竟無存留此次詩會的任何記載與詩歌聯句。春風得意樓為當時名流聚會之所，瀛社亦時常於此聚會，如尾崎秀真〈辛酉二月二十日開瀛社總會於春風得意樓席上示顏國年詞兄〉[7]、赤石定藏〈瀛社同人設筵春風得意樓余不得會賦一絕似諸兄〉[8]，皆對春風得意樓的聚會有詩記載。而陳鐓厚所言「民國十一年三月（日大正十一年）創立一週年紀念」，既有百七十人相繼赴會，竟無半分唱和詩詞作品流傳至今可作內證，不免令人質疑其說之真實性。陳鐓厚生於1907年12月27日，於大正十年（1921）時年僅十三歲，懷疑其應無法參加天籟吟社的創立週年大會，其資訊來源頗有可能是社內耆老相傳，致使可能有資訊混淆之虞。在下一節的論述中，《臺灣日日新報》曾報導：「臺北天籟吟社一週年紀念大會。如所豫報。去天長節祝日。開于東薈芳旗亭。」而參與者「凡二百餘名。」在人數上較為接近。陳鐓厚所言是否「春風得意樓」與「東薈芳旗亭」相互混淆？如今恐難以追查。

（二）天籟吟社成立於大正九年（1920）辨析

天籟吟社成立於大正九年（1920）的說法，最早見於1978年林錫牙故社長，於慶祝天籟吟社成立五十八年週年紀念大會的對外申明。而林錫牙於《文訊》發表之〈現階段臺灣傳統詩社概況〉，亦強調天籟吟社成立於民國九年（大正九年1920）。[9]此外，根據潘玉蘭《天籟吟社研究》中對於張國裕之訪談，告知天籟吟社本為1920年3月創立，而非如賴子清等人認為創立於1921年。[10]張國裕認為所以長期以來皆未更正創始時間，原因在於「光復以後，白色恐怖籠罩，述三先生為避免災禍，將錯就錯而未更改，直至一九七八年為紀念天籟吟社創社五十八週年才更正。」[11]潘玉蘭並對此次訪談下了按語：

張社長的說明乃承自林錫麟夫子的告知，並認為天籟吟社一九二一年創立之說始於賴子清的文章，其文有誤，應予更正。至於《臺灣日日新報》所刊載的天籟吟社的創社時間，張社長則認為在時代背景的影響下，報導或許與事實有出入。[12]

從此一角度來看，關於天籟吟社的創社時間說法，實有兩種源流與證據判別。一種為客觀性的報章報導，以《臺灣日日新報》最具代表性。一種則為天籟吟社內部的傳承，如陳鐓厚受教於林述三、張國裕承襲於林錫麟。就前者而言，報章的報導雖然相對客觀，但因時代背景長遠、兼以並非天籟吟社內部傳承說法，其說並不易為社員採信。就後者而言，夫子與學生、社長與社員之間的口傳告述，雖然在社團內部具有相當的權威性，卻又缺乏明確的文獻證明。

有趣的是，刊物《詩文之友》17卷5期（1963.02.01），曾刊載天籟吟社社慶的年份混淆。該期曾載有黃文虎五言排律〈祝天籟唫社肆拾貳週年紀念〉一首：

卅年回首處，千叟礪心齋。海島風騷起，金蘭意象諧。春鶯鳴欲歇，老鶴警偏佳。逸響輝壇坫，豪吟動漢淮。誰知林放志，別具展禽懷。絳帳恩如昨，黃衫惜少偕。地靈橫地軸，天籟滿天涯。仰止唐山客，神存晉陸喈。早傳詩律細，時斥禮儀乖。覺路開文苑，安梯續斷崖。公門桃李盛，上鉢國衣階。辛酉從頭數，壬寅鬭角揩。萬叢紅幾點，群雅碧連排。緬想師承記，寧忘友諒儕。錦牋飛澡鏡，醇酒異茅柴。附驥相欣幸，登龍莫笑俳。

黃文虎此詩後緊接收錄顏懋昌〈同題〉：

小陽春氣透梅梢，捲籟軒中會故交。詩雜仙心經卅載，日舒佛手拯同胞。天香尚見飄雲外，國境能銷戰火包。此後群賢觴詠好，無妨起鳳與騰蛟。

此二首詩之間有些許蛛絲馬跡需要加以追尋摸索。其一、於《詩文之友》中收錄顏懋昌〈同題〉，意味顏懋昌此詩本亦當題作〈祝天籟唫社肆拾貳週年紀念〉，出版社為求精簡，因此更改了顏懋昌的題目改作〈同題〉。實則二人題目相同，很有可能寫作是出於同一個機緣場合，但是對於詩體與用韻並無限制，因而才有五排與七律之別。其二、此一機緣場合為何？可能是顏懋昌〈同題〉：「小陽春氣透梅梢，捲籟軒中會故交。」是黃笑園的一次私人聚會，時間則在秋季十月，「小陽春氣」指涉的當是「十月小陽春」。黃笑園先生號捲籟軒，為天籟三笑之一，此次聚會未詳是天籟社內的集會還是私人集會，但很有可能是由黃笑園所主導。二詩作於十月，與下文天籟吟社正式創立於1922年10月22日十分貼近，而二詩於十月創作而刊登於隔年二月之《詩文之友》，在出版時間上也較為貼切。其三、黃文虎〈祝天籟?社肆拾貳週年紀念〉：「辛酉從頭數，壬寅鬪角揩」。辛酉指的是1921年大正十年（民國十年），壬寅指的則是黃文虎創作這首詩的時間1962年。

問題在於，《詩文之友》於同期載錄了「天籟吟社四十週年紀念」專欄，詩題「天籟吟社四十週年紀念」，限七律、一先韻，收錄左右詞宗吳夢周、吳紉秋所選擊鉢作品。此外，於黃文虎、顏懋昌四十二週年慶詩後，後續所錄幾首詩卻是李嘯庵〈天籟吟社四十週年社慶敬頌長句〉：

逋仙領導鷺鷗緣，卌載題襟句可傳。手拔騷才皆出眾，心持風教入中堅。
神州已墮斯文劫，海嶠猶存大雅篇。我願諸君推一步，鉢聲鼓起好青年。

李世昌〈天籟吟社四十週年社慶以詞讚之〉：

群英慶念啟詩筵，琢句如珠落錦箋。標起才名湖海外，追揚騷雅漢唐前。
藏山肯讓千秋志，結社相磋四十年。羡煞清新天籟調，譜來香草和琴弦。

陳友梅〈天籟吟社四十週年撰詞致頌〉：

四紀星霜欠八年，欣開慶讌集群賢。競飛彩筆題新句，且把金尊續舊緣。
滿座英才推白也，當時盟主憶逋仙。一詩來祝諸君健，鼓勵騷風海外天。

從三首詩開篇同題作「天籟吟社四十週年」，且三詩皆叶一先韻，或可說明李嘯庵、李世昌、陳友梅之寫作與用韻，都是遵照當時天籟吟社的徵詩啓事所作，甚至有可能是落選之作改為投稿。換言之，早在 1962 年[13]，天籟吟社正式的對外徵詩宣稱是四十週年，意味創立於 1922 年。但在黃笑園的捲籟齋聚會中，卻產生週年紀念的誤算。如以〈祝天籟唫社四十貳週年紀念〉中「四十貳週年」無誤來看，1962 年為創社 42 週年，意味創社時間當在 1920 年（大正九年）。但就詩歌內容「辛酉從頭數，壬寅鬪角揩」來看，卻又將繫年繫於辛酉年 1921（大正十年），因而詩題與內容已然產生矛盾。

綜上所述，天籟吟社創立於大正九年（1920）或大正十年（1921）二說，大多為詩社內部傳承的說法，卻無明確的文獻證據可看佐證。因而此二說法可能在社內具有權威性，卻恐不易持此說服外人。天籟吟社的初期成員主要由礪心齋師友弟子構成，固然未能排除於 1922 年以前，礪心齋師友間已有相互吟唱創作的活動，或可視為天籟吟社構成的「前身」。但是具有明確外緣證據可一錘定音天籟吟社成立時間者，仍有待於大正十一年（1922）以後的媒體報導與詩作唱和。

二、天籟吟社成立大正十一年（1922）說考辨

相對於天籟吟社成立於大正九年（1920）、大正十年（1921）二說皆無明確證據可供證實，大正十一年（1922）於報章等媒體，開始出現大量天籟吟社創立的相關佐證。頗可證實天籟吟社的「正式」成立，當繫於大正十一年（1922）10月22日。

（一）報章所見證據

「天籟吟社」一名首次出現於報章媒體，可能是《臺灣日日新報》1922年10月21日06版〈新組織吟社將出現〉：

稻艋有志詩學青年。此翻新組織一吟社。顏曰天籟吟社。係許劍亭等諸氏出為鼓舞。其加入會員。係青年居多。中亦有瀛社星社一份子之加入為之奬勵琢磨。互相鑽研詩學。為將來加入大吟社之基礎。經訂來二十二日（日曜日）午後七時。會員一同齊集于普願街建興漆店假林述三氏之勵心齋。開創立總會。

相隔兩天，《臺灣日日新報》1922年10月23日06版〈天籟吟社開會況〉：

本社員許劍亭氏所鼓舞之天籟吟社。經如所報。於去二十二夜七時。假林述三氏之勵心齋。開創立總會。定刻已到。社員三十名中。蹌躋出席

者。凡二十餘名。會之順序。先由許劍亭氏。敘開會辭。……再由許劍亭氏。報告會則。改正二三。乃移入役員選舉。開票後。林述三氏。占最多數。推為社長。……終由來賓高肇藩氏起述祝辭。並口占五律一首。

從此則報導來看，可知天籟吟社對外正式的創立時間，當繫於大正十一年（1922）10月23日晚間七時。據報導可知參與此次天籟創社者有：許劍亭、林述三、林夢梅、薛玉龍、莊于喬、李鐵珊、洪玉明、楊文諒、卓周鈕、葉蘊藍、高肇藩諸人。猶可注意者，此次創社會議因時間倉促，未得擊缽。〈天籟吟社開會會況〉：

該社是夜因時間切迫。弗能開擊缽。爰由社長林述三氏。出一課題。課題為祝天長節。限七陽韻。囑各社員。于來二十八日交卷。且擬于來天長令節日。一同攝影紀念。

因應於此，《臺灣日日新報》1922年10月31日載有楊文諒〈恭祝天長節〉：「壽比南山更久長。臚明此日獻瓊漿。昇平四海歡無極。鼓□□歌菊正黃。」笑花（即許劍亭）〈恭祝天長節〉：「海屋籌添近艷陽。鑾花□草四時芳。寰球□載帡□下。盡向南山視壽觴。」其詩很可能即為因應林述三課題所作。此次天長節詩課，雖未被列入正式的擊缽與全島徵詩之中，但其作為天籟吟社成立後的第一次詩課，實具有非凡意義。

相隔半年，《臺灣日日新報》1923年3月28日〈天籟吟社近況〉：

> 稻艋諸有志青年所組織之天籟吟社。自客年成立以來。各社員輪流值東。假稻之建興及艋之夢覺書齋。月開擊缽吟二次。每期出席者。約有三十餘名。鈎心鬪角。孳孳不倦。于此漢學式微之日。洵可喜之現象也。聞來第十二期擊缽吟。值東為竇氏雪貞薛玉龍兩氏。亦經訂來八夜會場假建興漆店。

此則材料是時隔半年後天籟吟社再次登上媒體的報導。文中強調「客年」，說明撰文者認為天籟吟社當以1922年為創始年。稍晚二個月，《臺灣日日新報》1923年5月10日〈天籟吟社徵詩〉進行第一次全島徵詩活動：

> 天籟吟社第一期徵詩如左
>
> 一、題目　天籟
>
> 一、詩體　七律限庚韻
>
> 一、期間　至六月十日止
>
> 一、詞宗　謝雪漁氏
>
> 一、贈品　十名內均奉薄贈由林述三氏呈
>
> 一、交卷　臺北市永樂町五之二六七建興漆店內天籟吟社事務所

此次徵詩意義十分重大。蓋詩社之運作，並非僅是社團內部彼此之間的切磋琢磨，透過全島徵詩，對內部社員而言，是礪心齋門下首次以「天籟」之名作東於臺灣詩壇，是一種身份認同價值的轉換，從私塾關係進而成為詩社組織。對外部詩壇而言，此次全島徵詩發出天籟吟社「正式」創立的訊息，得以參與其他詩社、詩人的運作與互動，奠基天籟吟社於臺灣詩壇之地位。林述三對首次徵詩尤為重視。隔日《臺灣日日新報》1923 年 5 月 11 日〈天籟徵詩續報〉：

天籟吟社第一期徵詩。經如昨報。聞該社長林述三氏。以者番徵詩。係最初者。故特向某金物店。注文金牌三面。鐫天籟吟社四字。以充三名內贈品。希望島內詩人。不吝珠玉。續續惠稿。

林述三資助金牌三面，隆重其事，可知「第一期」徵詩不論是對於臺灣詩壇、天籟吟社或是社長林述三都是意義重大。

天籟吟社創社一週年，是天籟吟社首次紀念活動。《臺灣日日新報》1923 年 9 月 20 日〈天籟臨時總會〉：「磋商該社創立一週年紀念一切。聞若時間有餘裕之時。尚欲開擊鉢吟。」天籟吟社一週年紀念大會，則訂於 1923 年 10 月 31 日。《臺灣日日新報》1923 年 10 月 26 日〈寄附元丹於吟會〉已預報：「天籟吟社。來三十一日將開一週年紀念大會。臺北乾元藥行。欲對是日出席者。各人贈與元丹。」是日大會亦見於《臺灣日日新報》1923年11月2日〈天籟一週年大會〉報導：

> 臺北天籟吟社一週年紀念大會。如所豫報。去天長節祝日。開于東薈芳旗亭。正午北自基隆。南至屏東各社詩人。續續來會。先由該社接待員。招待人假事務所西園商行。饗以便餐。迨午後二時。參會者。合該社員。凡二百餘名。而內地人來賓則有尾崎、柳田二氏。

此後，《臺灣日日新報》於1924年10月28日〈天籟二週年紀念〉訂於10月31日。《臺灣日日新報》1926年12月23日載天籟吟社四週年紀念擊缽詩錄。《臺灣日日新報》1927年10月29日〈天籟吟社將開五周年紀念會〉：

> 天籟吟社。以來三十日。值該社創立五週年紀念日擬于是日午後一時。開紀念大會於江山樓旗亭。業已發東招待各地詩人出席。屆期必有一番盛會也。

由此可見，自創社1922年10月22日始，前五次週年紀念大多辦於10月30日前後。並由《臺灣日日新報》的報導來看，皆以1922年為創社之始。

（二）詩人唱和所見證據

除了《臺灣日日新報》的報導外，詩人間的唱和也是考證天籟吟社創社時間的重要史料。《臺灣日日新報》1922年10月23日06版〈天籟吟社開會會況〉中，記載「終由來賓高肇藩氏起述祝辭。並口占五律一首」，其五律為：

濟濟多英俊，欣逢白社成。文章共切磋，道義益昌明。期作千秋業，休爭一日名。西風窗外過，天籟助吟聲。

高肇藩雖於創社之初並未立即加入天籟吟社，實則根據潘玉蘭《天籟吟社研究》考證，於大正年間高肇藩亦加入天籟社員。[14] 高氏此詩後來天籟諸人多有唱和。如《臺灣日日新報》1922年10月30日載林述三〈敬和高肇藩君見社天籟吟社成立瑤韵〉：

濟濟歡多士。英華集大成。騷壇樹旗鼓。聖代事文明。只覺人如玉。遑求世有名。即今天籟發。一樣報詩聲。

同日亦載許劍亭〈敬和高肇藩君見社天籟吟社成立瑤韵〉：

金風蕭瑟裡。天籟自然成。刻竹分光燄。催詩趁月明。文章經世業。李杜舊時明。共挽狂瀾倒。來敲木鐸聲。

《臺灣日日新報》1922年11月25日則載莊俊木〈敬和高肇藩君見社天籟吟社成立瑤韵〉：

吾道聊吟咏。推敲冀有成。論詩才本拙。啟卷事通明。但補生前課。非關世上名。初心如不改。天籟振新聲。

高肇藩作為非天籟吟社的賓客，天籟社友與高氏的唱和，說明無論社內或社外，都將 1922 年 10 月天籟吟社「成立」視為共識。林述三、許劍亭皆為天籟吟社重要人物，次韻高肇藩的口占五律，既是對 1922 年 10 月 22 日的創社紀念，亦是象徵由社內呼應社外人士，認同 1922 年「金風蕭瑟裡」的秋日乃是天籟吟社的創立時間。

天籟吟社於 1922 年 10 月 22 日成立之後，騷壇文士恭賀之作不斷。《臺灣日日新報》1922 年 10 月 25 日載有林長耀〈祝天籟吟社成立〉：

年來學術漸昌明。劇喜吟壇又告成。人籟當如天籟落。詩情漫作世情鳴。
高風不少扶輪手。佳詠偏多戛玉聲。翰墨因緣斯際盛。會看拔幟共登瀛。

隔日 1922 年 10 月 26 日則載有林江清〈祝天籟吟社成立〉：

金風颯颯拂衣輕。萬籟共和天籟鳴。不嘆秦儒坑火劫。寧欣漢士冠簪纓。
騷壇拔幟前賢鑑。琢句運斤後起成。愧我駑駘陪末席。心香一瓣表葵傾。

二人賀詩題目相同，用韻也同為八庚韻，未詳是否為組織徵詩的作品。林長耀屬於龍山寺附近的高山文社。然而二人既有賀詩，說明透過《臺灣日日新報》的宣傳，1922 年 10 月天籟吟社的成立，方能迅速傳播於騷壇之間。

詩人唱和與天籟吟社的創社繫年，最相關的作品皆見於 1923 年天籟吟社創立一週年時期。前文已見天籟吟社一週年繫於 1923 年 10 月 31 日定於東薈芳旗亭。實則在週年紀念大會前，已見有慶賀之作。《臺灣日日新報》1923年10月24日曾吉甫〈祝天籟吟社一週年記念〉：

久結三生翰墨緣。吟隨天籟發週年。龍門聲價千秋重。牛耳司盟一世傳。
我鑄黃金師島佛。誰纏彩線繡詩仙。善鳴不使鳴家國。辜負謳歌韻管絃。

此詩作於紀念大會之前，推測應是作者自發而作，為天籟吟社的週年紀念開了頭彩。週年紀念的詩歌創作中，最著名的作品當屬《臺灣日日新報》1923年11月23日載林述三〈內田總督閣下聞敝天籟吟社一週年紀念大會特惠金五十圓感激之至敬賦誌德〉三首：

東門已感啟賓筵，又喜兼金下賜傳。勸學用能敷帝德，愛才自槃結文緣。
廉分一勺泉皆潤，光被三臺我獨先。仰此定膺全島念，奉揚風雅答公賢。

紆尊降貴契斯文，助我青年獲美聞。小草向陽宜奉日，柔苗被澤重卿雲。
於今士子知同勉，從此螢窗孰不勤。拭目後來相繼起，為公薰育一群群。

此金長願蓄千秋，藉惠餘甘共唱酬。壯我詩壇顏色好，念公膏雨口碑留。
一吟一詠真叨德，權母權兒總莫休。他日能將河海大，汪洋萬斛注文流。

林述三此組組詩意義非凡。總督內田嘉吉惠賜金五十圓，對於詩社運作經濟上的幫助固然有限，但內田以總督之名出資，意味天籟吟社的成立已經進入日本殖民統治者的視域，不僅反映日本總督對古典吟社的成立相當重視，林述三亦對總督賜金小心應對，從「奉揚風雅答公賢」、「為公薰育一群群」、「念公膏雨口碑留」等句，頗可見林述三囿於政治現實與上下地位，不得不作此語。此組組詩象徵著天籟吟社首次且「正式」進入「政治」領域之內，是官方認證的週年紀念，對於天籟吟社的創社時間辨析具有關鍵地位。

天籟吟社於一週年紀念的活動中，尚有許多值得注目的詩篇。如《臺灣日日新報》1923年11月4日〈天籟吟社創立一週年擊?錄首唱〉題目「羯鼓」，以連橫取得左一右十二之成績。其詩如下：

萬花齊放鼓淵淵。博得三郎欲作天。他日漁陽聲更急。唐宮□戲有餘□。

連橫為臺灣近代著名文人，其參與天籟吟社擊缽週年首唱奪得左元，頗可於天籟詩史記上一筆。此次一週年擊缽作品，皆刊錄於當日《臺灣日日新報》。此外，因為一週年紀念意義重大，頗有許多並非天籟社友的慶賀之作，頗可以「社外之眼」看待週年慶賀。如新竹林篁堂〈祝天籟吟社一週年大會〉：

週年天籟慶昇平。裾屐翩翩盡俊英。莫笑迂才追驥尾。還參雅會締鷗盟。

一枝彩筆花頻發。三峽詞源水倒傾。刼後文章聲價重。車書未讀愧書生。[15]

高雄鄭坤五〈赴天籟吟社盛會歸途經海岸線雜咏車中喜遇〉：

昨宵筵上聽琵琶。今日歸來道路賒。天亦有情憐寂寞。車窗分置兩枝花。[16]

此二人皆非屬臺北騷壇，但因報紙發行之故，對於北部吟壇盛事仍可知悉。從二人詩作與題目來看，前者「還參雅會」，後者則是自道「赴天籟吟社盛會歸途」，當可推測二人在交通不便的時日，卻仍遠赴臺北參與天籟吟社創立週年紀念大會，誠見情義。天籟吟社創社時間的確立，亦有助於《全臺詩》中許多詩作的繫年。當時詩社成立，詩友多存往來唱和之作。除了上述徵引之唱和詩外，尚有鄭家珍〈天籟吟社週年大會紀盛〉：

霓裳記詠大羅天，彈指星霜又一年。有興重揮搖嶽筆，餘情更敞坐花筵。
海東詩卷留巢父，亭北歌詞譜謫仙。險韻尖叉旋鬥罷，醉看青素鬥嬋娟。

此詩舊收於《雪蕉山館詩集》，並未發表於報紙與刊物，因此在繫年上不易透過刊行日判斷，如今透過天籟吟社創社時間的確立，應可判定鄭家珍此詩當作於 1923 年，此亦可見天籟吟社的創社，對於臺灣文壇具有不可小覷之影響力。

三、小結

關於天籟吟社的創立時間，舊有大正十一年（1922）、大正十年（1921）、大正九年（1920）三說，馮玉蘭《天籟吟社研究》透過外緣證據，已考定應是成立於大正十一年（1922）。本文於馮氏論斷之基礎上，補充若干詩作證據，並且亦對大正十年、大正九年二說略作辨析。

整體而言，若僅就「繫年」此一問題來看，筆者亦傾向將天籟吟社的創立繫於大正十一年（1922）。原因無他，在《臺灣日日新報》與當時文壇的諸多師友唱和，已可證明此點。而舊說大正十年（1921）、大正九年（1920），雖是由社內耆老口傳，卻無明確文獻證據可供參佐證實。但是「百週年考辨」此一議題是否可就此結案，筆者則略帶保留。在繫年辨析無虞之後，剩下的問題在於：為何會產生繫年的錯誤？以及社內與社外為何會產生繫年不一的問題？是單純因為早期文獻不易取得，因而導致繫年混淆，抑或是尚有今日未能得見之關鍵史料，可證明天籟吟社的成立時間尚可前推？還是傳統民間詩社習慣詩社歷史宜增不宜減，因而不願承認繫年錯誤而沿用至今？

蓋一詩社之成立，有其機緣，但詩社的運作維持繫於人，乃是先有人而後有社。天籟吟社的創立與林述三礪心齋弟子群關係密切，就外緣資料如報章、唱和詩而言，1922年天籟吟社正式成立，但在此之前，是否已有同類人進行吟唱擊缽活動？而可視為「前天籟吟社時期」，限於文獻資料的匱乏，此一問題恐不易解答。因而對於繫年的問題，將天籟吟社的創立明確繫於

1922年固然有其必要，但是對於天籟吟社的「創立」，不妨抱持開放態度。此正如同馮玉蘭《天籟吟社研究》中曾採訪張國裕嘗論天籟吟社的創立原因在於：

因此述三先生一方面為保護學生，一方面為防日本人查礪心齋書房，禁止書房教育，所以師生私下成立天籟吟社作詩切磋，不對外宣揚。[17]

與其汲汲於辨析創立時間的先後與否，林述三為保護學生以及維持礪心齋的傳承之心，恐怕才是天籟吟社將屆百年，真正需要追懷與關心之處。

註

1. 潘玉蘭，《天籟吟社研究》（臺北：萬卷樓出版社，2010），頁60-64。
2. 陳鐓厚編，《天籟吟社集》（出版地不詳：芸香齋手寫油印本，1951）。
3. 陳驚癡，〈天籟吟社與林述三〉，《臺北文物》，2:3，1953.11，頁74。
4. 關於陳鐓厚晚年境遇，可參看邱煇塘，〈談《全臺詩》之大醇小疵〉，《臺灣學研究》，3，2007.06，頁85。
5. 筆者案，該文於《臺北文物》第二卷三期目錄、正文，作者皆繫於陳驚癡。就今日電子資料庫檢索繫名來看，國家圖書館、臺北市立文獻館，皆遵從《臺北文物》將此文繫於「陳驚癡」，唯臺灣文獻期刊論文索引網站將此文繫於「陳毓癡」。後者繫名與本文推斷相同，但未詳臺灣文獻期刊論文索引將作者繫名從陳驚癡逕改陳毓癡，是否另有專文考證？筆者因搜查未果，謹附錄於註腳供讀者參酌。

6.就出版時間而言，《天籟吟社集》並未明繫出版年，雖然陳鐓厚序言為民國四十年八月所作，但內文對林述三生平介紹，卻引及民國四十年八月尊師節，可知該書當晚於民國四十年八月以後才成書。而〈天籟吟社與林述三〉刊載《臺北文物》民國四十二年十一月，但就內容引文來看，該文曾引民國四十一年十一月廿八日的《新生報》，可知該文當撰於民國四十一年十一月到民國四十二年十一月間。

7 尾崎秀眞，〈辛酉二月二十日開瀛社總會於春風得意樓席上示顏國年詞兄〉，《臺灣日日新報》，（大正10年），1921年02月22日，第03版。

8 赤石定藏，〈瀛社同人設筵春風得意樓余不得會賦一絕似諸兄〉，《臺灣日日新報》，（大正10年），1921年06月16日，第03版。

9 林錫牙，〈現階段臺灣傳統詩社概況〉，《文訊》，18，1985.06，頁32-42。

10 案，賴子清的說法，見於賴子清，〈古今臺灣詩文社（一）〉，《臺灣文獻》，10:3，1959.09。但若細讀賴子清文筆，如其稱「（民國）十一年三月，創立週年紀念，在春風得意樓，舉行全臺聯吟會，至者百七十人。」不難發現其對於天籟吟社創社的紀錄，文獻資料可能多根據於陳鐓厚之記載。

11 潘玉蘭，《天籟吟社研究》，頁62。

12 同上註。

13 筆者案，四十週年擊缽徵詩與黃文虎、顏懋昌詩作皆作於 1962 年，而刊載於隔年 1963 年。

14 潘玉蘭，《天籟吟社研究》，頁 87。

15《臺灣教育》，第 258 號，(大正 12 年)，1923 年 12 月 01 日，第 6- 6 頁

16（《臺南新報》1923 年 11 月 14 日）

17 潘玉蘭，《天籟吟社研究》，頁 62。

天籟吟社創社十年重要事件繫年表

西元	詳細日期	出處	事件	詳細說明
1922	大正十一年十月廿一日	臺灣日日新報	新組織吟社將出現	
1922	大正十一年十月廿四日	臺灣日日新報	天籟吟社開會盛況	「本社員許劍亭氏所鼓舞之天籟吟社。經如所報。於去二十二夜七時。假林述三氏之勵心齋。開創立總會。定刻已到。社員三十名中。踰躋出席者。凡二十餘名。……開票後。林述三氏。占最多數。推為社長。並選林夢梅、許劍亭、薛玉龍、洪玉明四氏為幹事。葉蘊藍、卓周鈕二氏為會計。」

1923	大正十二年六月十一日	臺灣日日新報	天籟吟社徵詩榜／天籟 韻八庚 詞宗謝雪漁氏評閱	首次徵詩詩稿
1923	大正十二年九月二十日	臺灣日日新報	天籟臨時總會	
1923	大正十二年十月三日	臺灣日日新報	天籟大會續報	
1923	大正十二年十月廿四日	臺灣日日新報	祝天籟吟社一週年紀念	七律一首，曾吉甫作。
1923	大正十二年十月廿五日	臺灣日日新報	天籟大會續報	「訂于來天長節日開一週年記念大會」
1923	大正十二年十月廿六日	臺灣日日新報	寄附元丹於吟會	「來三十一日將開一週年紀念大會」
1923	大正十二年十一月二日	臺灣日日新報	天籟吟社一週年大會	「臺北天籟吟社一週年紀念大會，如所豫報，去天長節祝日，正午北自基隆南自屏東各社詩人，續續來會，先由該社接待員招待人假事務所西園商行，饗以便餐。迨午後二時，參會者，合該社員，凡二百有餘名。」
1923	大正十二年十一月三日	臺南新報		「臺北天籟吟社於昨十月三十一日天長節祝日，假東會芳旗亭，開創立一週年紀念大會，招待全島六十餘詩社之詩人。」

1923	大正十二年十一月四日至七日	臺灣日日新報	天籟吟社創立一週年擊缽錄首唱 羯鼓 韻一先 左右詞宗鄭雪汀林南强氏選	
1923	大正十二年十一月十三日	臺灣日日新報	内田總督閣下開敝天籟吟社一週年紀念大會特惠金五十圓感激之至敬賦誌德	林述三作
1924	大正十三年十月廿八日	臺灣日日新報	天籟二週年紀念	「擬於來三十一日，即天長節日午後一時，在該社事務所，開二週年紀念兼擊缽吟。」
1924	大正十三年十一月二日	臺灣日日新報	天籟二週年會況	「臺北天籟吟社。如所豫報。於去天常佳節日午後二時。假名預設員林清月氏之宏濟醫院。開創立滿二週年記念會。出席社員三十餘名。合北部八社友。計六十餘名。首由社長敘禮。次社員演說。終則投票改選役員。社長林述三氏重任卓夢庵。葉蘊藍。許劍亭。劉夢鷗四氏。占最多票。被推為幹事。」

1924	大正十三年十一月六日	臺灣日日新報	天籟二週年鏧缽吟　素心蘭　刪韻每人限一首　左右詞宗黃天浦杜冠文選	
1925	大正十四年十一月四日	臺灣日日新報	翰墨因緣	「天籟吟社。去三十一日。開三週年紀念擊缽吟會於東薈芳旗亭。社員全部出席。」
1926	大正十五年十一月三日	臺灣日日新報	翰墨因緣	「天籟吟社。去天長節日午後四時起。於臺灣樓旗亭。開四周年紀念擊缽吟會。」
1926	大正十五年十二月十三日	臺灣日日新報	天籟吟社四週年紀念（擊缽詩錄）	詩題〈黃菊〉等九首七言絕句。
1927	昭和二年十月廿九日	臺灣日日新報	天籟吟社將開　五周年記念會	「天籟吟社。以來三十日。值該社創立五週年紀念日擬于是日午後一時。開紀念大會於江山樓旗亭。」
1927	昭和二年十一月六日	臺灣日日新報	祝天籟五週年紀念	七律一首，倪炳煌作。
1928	昭和三年十二月十一日	臺灣日日新報	天籟六週年擊缽錄	詩題〈垓下歌〉等八首五言律詩。

1929	昭和四年十月廿四日	臺灣日日新報	翰墨因緣	「天籟吟社去十九日夜。為欲相議創立七週年紀念日行事。乃招集諸社員開臨時會於盧懋清氏宅。……遂決定於來之二十八日。」
1929	昭和四年十月卅一日	臺灣日日新報	天籟吟社七週年記念擊鉢吟會	「天籟吟社七週年記念擊鉢吟會。既如所報。於去廿八日午前九時起遂在江山樓旗亭開會。來賓則有。中壢。大溪。基隆。桃園。諸詞客陸續臨場。出席者四十餘人。」
1930	昭和五年十一月十日	臺灣日日新報	翰墨因緣	「天籟吟社。去二十八日午後二時。開八週年紀念為於礪心齋書房。出席者二十餘人。」
1933	昭和八年十一月二日	臺灣日日新報	翰墨因緣	「天籟吟社。去二十八日。開十一週年內祝紀念擊鉢吟會。於社長宅。社員三十餘名出席。」
1933	昭和八年十一月廿五日	南瀛新報	天籟吟社十一週年紀念擊鉢會	詩題觀山，五律。

附圖：《詩文之友》17卷5期（1963.02.01）

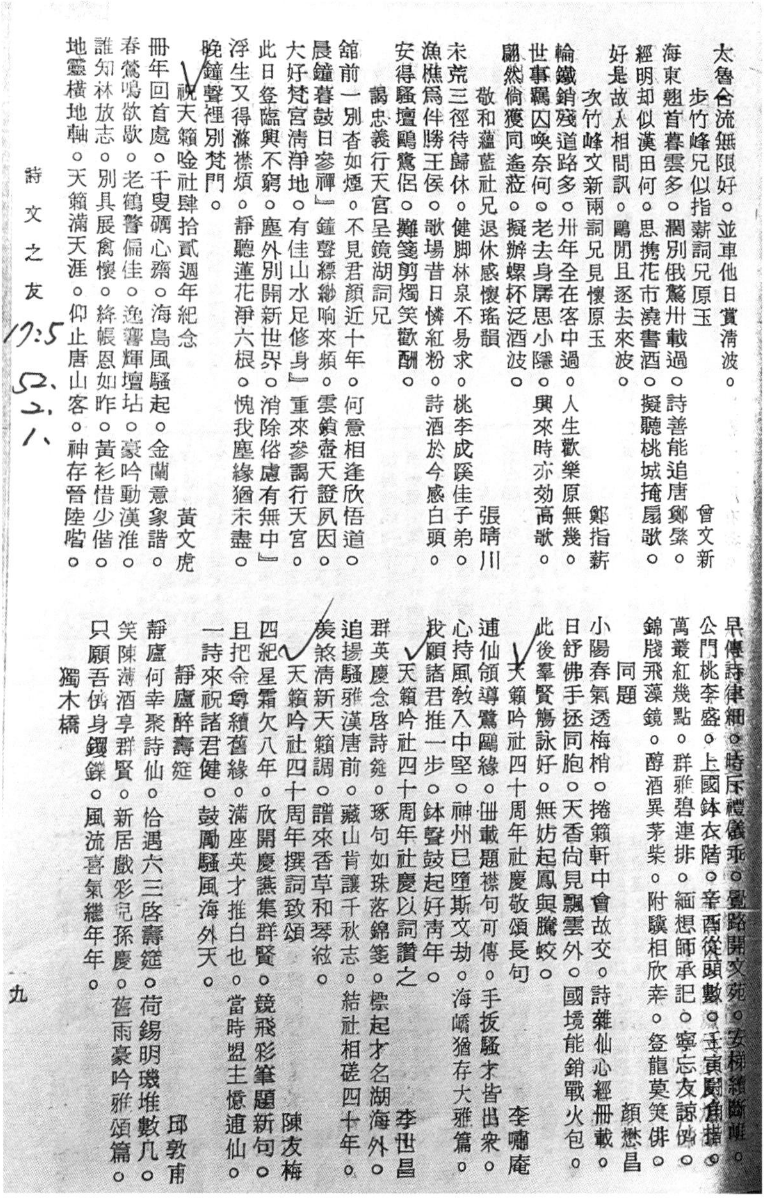
太魯合流無限好。並車他日賞清波。

步竹峰兄似指薪詞兄原玉　曾文新

海東翹首暮雲多。濶別俄驚卅載過。詩善能追唐鄭棨。
經明却似漢田何。思携花市澆書酒。擬聽桃城掩扇歌。
好是故人相問訊。鷗閒且逐去來波。

次竹峰文新兩詞兄見懷原玉　鄭指薪

輪鐵銷殘道路多。卅年全在客中過。人生歡樂原無幾。
世事羈囚喚奈何。老去身孱思小隱。興來時亦効高歌。
翩然倘獲同遨莅。擬辦螺杯泛酒波。

敬和蘊藍社兄退休感懷瑤韻　張晴川

未荒三徑待歸休。健脚林泉不易求。桃李成蹊佳子弟。
漁樵爲伴勝王侯。歌場昔日憐紅粉。詩酒於今感白頭。
安得騷壇鷗鷺侶。擲箋剪燭笑歡酬。

謁忠義行天宮呈鏡湖詞兄

舘前一別杳如煙。不見君顏近十年。何意相逢欣悟道。
晨鐘暮鼓日參禪」鐘聲縹緲響來頻。雲鎖壺天證夙因。
大好梵宮清淨地。有佳山水足修身」重來參謁行天宮。
此日登臨興不窮。塵外別開新世界。消除俗慮有無中」
浮生又得滌襟煩。靜聽蓮花淨六根。愧我塵緣猶未盡。
晚鐘聲裡別梵門。

祝天籟唫社肆拾貳週年紀念　黃文虎

卌年回首處。千叟礪心齋。海島風騷起。金蘭意象諧。
春鶯鳴欲歇。老鶴警偏佳。逸響輝壇坫。豪吟動漢淮。
誰知林放志。別具展禽懷。絳帳恩如昨。黃衫惜少偕。
地靈橫地軸。天籟滿天涯。仰止唐山客。神存晉陸喈。

早傳詩律細。時斥禮儀乖。覺路開文苑。安[illegible][illegible]斷崖。
公門桃李盛。上國鉢衣陼。辛酉從頭數。壬寅鬪角搘。
萬叢紅幾點。群雅碧連排。緬想師承記。寧忘友諒偕。
錦牋飛藻鏡。醇酒異茅柴。附驥相欣幸。登龍莫笑俳。　顏懋昌

同題

小陽春氣透梅梢。捲籟軒中會故交。詩雜仙心經冊載。
日舒佛手拯同胞。天香尚見飄雲外。國境能銷戰火包。
此後羣賢觴詠好。無妨起鳳與騰蛟。

天籟吟社四十周年社慶敬頌長句　李嘯庵

逋仙領導鷺鷗緣。卌載題襟句可傳。手扳騷才皆出衆。
心持風教入中堅。神州已墮斯文刦。海嶠猶存大雅篇。
我願諸君推一步。鉢聲鼓起好青年。

天籟吟社四十周年社慶以詞讚之　李世昌

群英慶念啓詩筵。琢句如珠落錦箋。標起才名湖海外。
追揚騷雅漢唐前。藏山肯讓千秋志。結社相磋四十年。
羨煞清新天籟調。譜來香草和琴絃。

天籟吟社四十周年撰詞致頌　陳友梅

四紀星霜欠八年。欣開慶讌集群賢。競飛彩筆題新句。
且把金尊續舊緣。滿座英才推白也。當時盟主憶逋仙。
一詩來祝諸君健。鼓勵騷風海外天。

靜廬醉壽筵　邱敦甫

靜廬何幸聚詩仙。恰遇六三啓壽筵。荷錫明璣堆數几。
笑陳薄酒享群賢。新居戲彩兒孫慶。舊雨豪吟雅頌篇。
只願吾儕身矍鑠。風流喜氣繼年年。

獨木橋

詩文之友　九

17:5 52.2.1

附錄

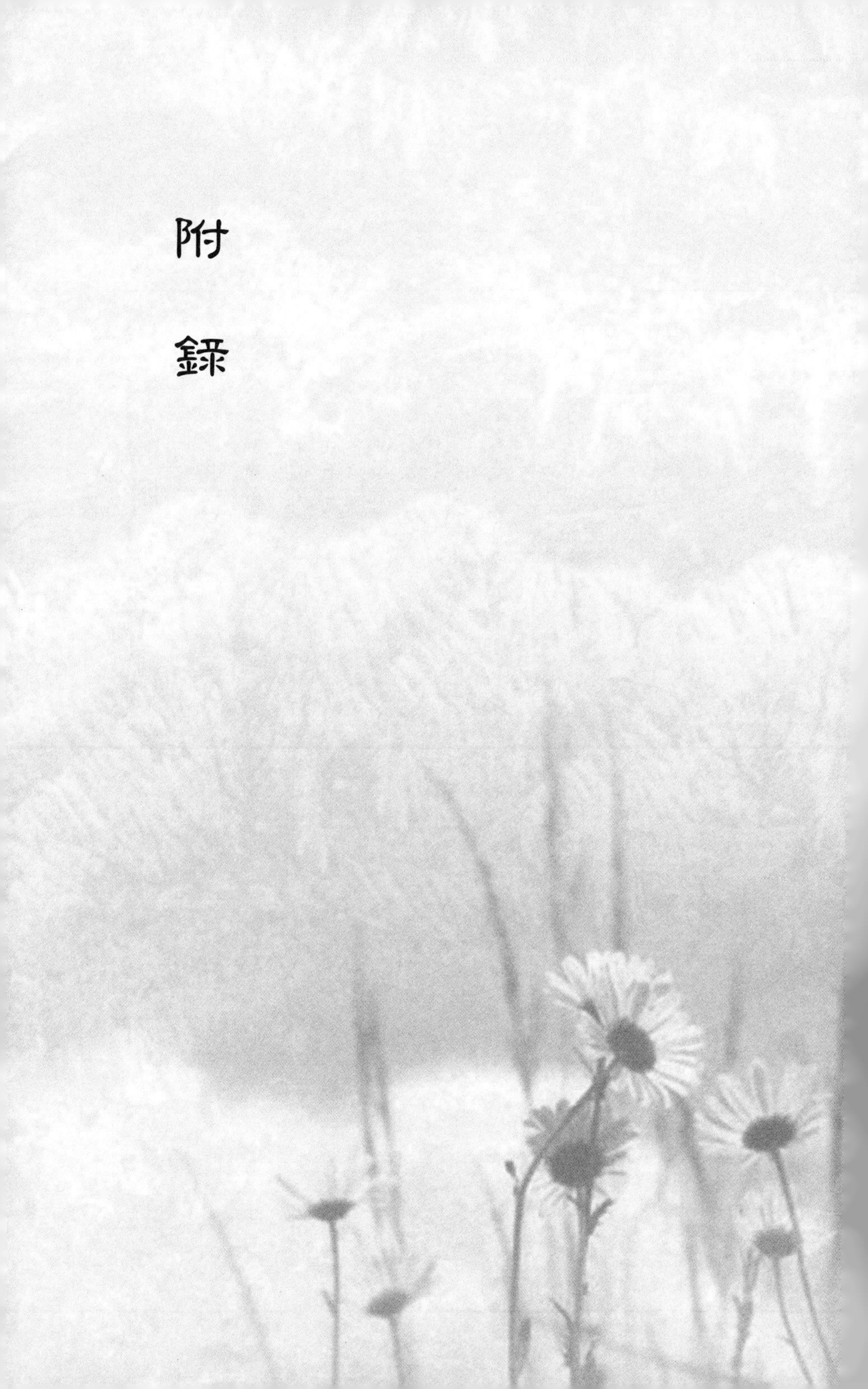

臺北市天籟吟社組織現況（以二〇二〇年九月爲準）

名譽理事長：姚啓甲先生
顧　問：葉世榮先生
理事長：楊維仁先生
常務理事：陳文識先生
　　　　　陳碧霞女士
理　事：余美瑛女士、吳身權先生
　　　　周福南先生、洪淑珍女士
　　　　張家菀女士、歐陽開代先生
常務監事：姜金火先生
監　事：翁惠貹先生、歐陽燕珠女士
總幹事：張富鈞先生
財務幹事：陳淑惠女士

春季組組長：蔡久義先生
春季組副組長：吳宜鴻先生
夏季組組長：林素卿女士
夏季組副組長：何維剛先生
秋季組組長：鄭景升先生
秋季組副組長：王文宗先生
冬季組組長：吳身權先生
冬季組副組長：劉坤治先生

天籟吟社社員簡歷

葉世榮　字奕勛，一九三三年生於台北，一九四八年入礪心齋書房，師事林錫麟夫子，一九五〇年加入天籟吟社，一年四季參加擊缽聯吟磨鍊，獲益不淺。歷任本社幹事、副總幹事、總幹事、副社長，今忝為本社顧問。此外，曾任中華民國傳統詩學會秘書、副秘書長、秘書長。

歐陽開代、歐陽燕珠　開代台北市大稻埕人，生於一九三五年。燕珠台南縣六甲鄉人，生於一九四五年。開代畢業於台大外文系，一九六二至一九七二年就職於日商伊藤忠商社，一九七二至一九七八年轉職華新電線電纜公司為執行副總，一九九八年退休後續獲聘擔任印尼華新力寶負責人迄今。公元兩千年於士林社區大學，入楊振福老師門下，續蒙林正三老師、張國裕先師教導，加入天籟吟社及瀛社，續承張國裕先師推薦，有幸擔任天籟兩任社長，卸任後仍續擔任兩社理事迄今。尚望詩壇諸友續為指教是幸。

鄞　強　字耀南，號有功，又號柳塘軒主，一九三五年生，潮州五魁寮人。自小家貧失學，民國四十四年孑身旅北，遂師事于宿儒林述三太夫子之長公子林錫麟名儒門下，半工半讀克盡艱辛，自慚未能盡人子事親之責，唯以立身行道，冀能圖報慈恩。現任中華民國傳統詩學會理事三十餘年矣。

黃言章

台中市人，一九三五年生，三年後舉家遷居北平，八年後返台。就讀彰化商職六載，台大經濟系畢業，高考及格，並有若干著作付梓。一九五三年北上，服務於金融界，後轉任執業會計師，二〇〇一年退休。致仕後加入孔子廟之漢詩班，乃漸諳詩詞寫作吟詠之道。

周福南

號宜庵，一九四一年生於台北市古亭庄。先後就讀於，省立台北北師附小、成功中學、國立政治大學國際貿易學系。畢業後任職海軍預官少尉，支援金馬前線二十餘次。退伍後歷任致理商專國際貿易科講師、台北西門扶輪社社長、國際扶輪社 3480 地區祕書長、台灣北社社長、社團法人台灣瀛社詩學會理事長，現任綸欣實業公司董事長、侖新科技公司創辦人、台灣國家聯盟副總召集人、台日文化經濟協會副理事長。

林瑞龍

一九四一年生於彰化。台大法律系畢業後駐外多年，退休後踏入國學園地，自行摸索古典詩之創作。多承三千教育中心提供寶貴學習機會，獲益良多。期間，參與天籟雅集，得詩友之切磋琢磨，雅興日高。夕陽無限好，何妨是黃昏。

黃允哲

南投縣鹿谷鄉人。駐外人員退休。近年對鄉梓文獻之整理與保存，稍盡棉薄之力。曾與楊維仁老師（現任社長）及詹培凱老師合編「鹿谷黃錫三秀才詩集」；近復賈餘勇，續編「鹿谷黃錫三秀才文集」。碧沙鄉土史料，差堪保存一二。

林　顏

筆名靜心，一九四三年生於板橋，始由蔡義雄老師啓蒙，後師事於陳祖舜、張國裕、黃冠人、洪澤南、連嚴素月等賢師學習詩詞創作，也時常參加全國詩人聯吟大會及各地友社徵詩活動，目前在三千教育中心上陳文華、顏崑陽兩位教授的課程，現任天籟吟社社員、貂山吟社常務監事。

鄭美貴

一九四三年生，現居新北市板橋區。年逾花甲始與詩詞結緣，初學於中和農會嚴素月老師教學的漢文吟詩班，後加入貂山、文山吟社、傳統詩學會及天籟吟社。幸得騷壇多位碩儒名師教導，學習古典詩寫作，而修身養性、樂在其中。感謝姚理事長提供優良學習環境，使銀髮族的生活品質更加溫馨舒適美好。

蘇光志

一九四四年生，嘉義縣人，二〇〇九年屆齡自台灣企銀總行退休後，在台北市圖分館參加許澤耀老師教授的「台語漢詩吟唱」班，開啓了末學學習古典詩寫作的興趣，承學長林瑞龍兄推薦，到三千教育中心學習有年，後因身體健康狀況不宜晚間外出上課而中斷學習，爰申請加入天籟吟社以免所學付諸東流。有幸於去年歲末獲允入會。

蔡久義

人稱山居野叟，幼未學而為童工，時僱主乃一黃姓儒紳，遂求學之，應許購書授課，後北來工作而廢。二〇〇六年始入文山社大河洛漢詩班，拜黃冠人、陳祖舜兩位老師習詩詞吟唱朗讀及創作。後在天籟拜文、陳、顏三位教授習詩詞創作至今。

謝武夫

一九四四年生於南投縣名間鄉。當年家長們的觀念是讀書沒有什麼用處，小孩小學畢業看得懂站牌，再能看懂報紙就可以了。七十歲時到台北保安宮拜拜，看到河洛漢詩班招生，受到宿儒黃冠人老師的指導和鼓勵，學長姜金火老師介紹到天籟吟社初階班，經楊維仁老師、余美瑛老師多年培訓，去年勉強忝為天籟新進社員。唯基礎、天份、歷練皆十分淺薄，懇請諸先進諒解和指導，不勝感恩。

林長弘

號弘雲，新北三重人。桃園高農畢業，從小喜好園藝，至長喜好文章詩詞。隨黃冠人、李秉楠兩位老師啓蒙詩詞吟唱，隨後從張國裕、陳文華、文幸福、顏崑陽等諸位老師學習詩詞創作。

許澤耀 宜蘭羅東人。早年從事不鏽鋼洋食器，刀、叉、匙加工外銷。其後因緣際會從黃冠人老師學習河洛漢詩吟唱，師事天籟吟社張國裕社長練習古典漢詩寫作。此期間與台語結下了不解之緣。曾任教於台北市立教大附小，迄今仍在台北市東門國小擔任台語教師，並在大安、宜蘭、羅東社大教授台語河洛漢詩吟唱及古典漢文課程。二〇〇二年通過教育部唯一一次的台語支援人員檢核，二〇一〇年臺師大台文所碩士班畢業。

陳麗卿 字詠藻，又一字蘊璠，國立師大國文系畢業，曾任國中、高中教師。退休後，方才讀詩、習詩，參加詩社、詩歌創作，期日益精進。

康英琢 一九四六年生，南投縣鹿谷鄉人。自幼由家父教導四書等漢文書籍，唐詩師承黃冠人老師、陳祖舜老師、張國裕老師。

李玲玲 一九四六年生，台北市人。自小隨父親讀四書等經典，後受教於陳文華、陳淑美、徐泉聲、黃冠人、張國裕、陳祖舜多位老師，學習古文、楚辭、詩經、唐宋詩詞賞析，研讀河洛漢語正音、及詩詞吟唱。

從不間斷，現致力推廣河洛正音及詩詞吟唱，從事教學工作。

姚啓甲

一九四六年生，台北市人。現為《台北市天籟吟社》名譽理事長。自花甲退休後，勤學老子、莊子、唐詩、宋詞及書法，並致力於社會志工服務。贊助及舉辦《天籟詩獎》、《古典詩學講座》等詩學活動。參與《國際扶輪》海內外的人道服務計劃，行善天下。近年來加入《國家文化藝術基金會》的國藝之友，現為《國藝之友會》會長，贊助藝文團體，扶持藝術新秀創作及國際級表演。「桑榆雖晚，餘霞滿天」，期以最大的心力，利用剩餘歲月，完成更多人的夢想。

陳文識

一九四七年生，福建省金門縣人。在烽火戰亂中成長、學習。一九七七年由金門遷居新北市中和，任教職三十七載。二〇〇五年退休後，從黃冠人老師學河洛漢詩，二〇一〇年入天籟吟社，從陳文華教授學古典詩。

陳碧霞

一九四七年生，新竹市人，現為《台北市天籟吟社》社員。自幼只喜數理，又遇升學主義時代，高中不上史地，自認文史不通，哪知退休後，竟遇名師王邦雄、文幸福、陳文華、顏崑陽等教授，勤學老子、莊子、唐詩、宋詞，別有一種樂趣。珍惜一生的幸福，詩情畫意，擁另一類天地。

吳莊河

一九四七年生，喜閱經典、書籍註釋、賢人詩詞。只恨智少才淺，未能盡其美。這些年姚先生栽培新進，都是高手、聖手，遂願姚先生大志。楊老師退而未休，承續大志，發揚光大指日可期。

甄寶玉

一九四八年生於廣東，畢業於國立台灣師範大學。先從簡明勇、洪澤南二師學吟唱，後隨黃天賜、姚孝彥、張國裕、林彥助、林正三、文幸福、陳文華、林瑞祥、顏崑陽等老師學作詩詞。兩度參加全日本漢詩大會，榮獲「秀作賞」及「海外獎勵賞」。現為天籟吟社、瀛社詩學會及松社會員。

黃明輝

一九四八年出生於台北市艋舺。大學畢業後從事金融業歷三十三年後退休。二〇〇〇年因緣際會巧遇名師及至交，因而投入河洛漢詩的研究及台語語音的探討，並於二〇〇二年取得教育部的閩南語支援教師證書，之後與好友共同從事台語正音及河洛漢詩的教學至今。著有《識詩三百首由識詩發現台語字音》。

張民選

一九五一年生，臺北蘆洲人，商餘喜六禮研究、書法摹習、高球運

余美瑛 動；曾任社團會長、理事長、中隊長，中華民國傳統詩學會副祕書長、現為灘音吟社副社長，天籟吟社、瀛社社員。

筆名余詠纓，從事肝炎防治工作，第二專長為中古漢語吟唱教師及華語教師。法雨寺妙湛長老啓蒙學詩，師事黃冠人老師學吟唱，張國裕老師學詩作，後至淡江大學從王邦雄老師讀中國哲學，並從陳文華老師研讀古典詩詞與寫作。二○○三年獲台北市婦女會中古漢語吟唱比賽第一名。現任省城隍廟與台北市天籟吟社吟唱教師。

張素娥 一九五二年生，新北市人。承楊振福老師啓蒙，後受教於王孟玲、陳淑美、李玲玲、黃明輝、余美瑛、洪淑珍、楊維仁等多位老師，學習唐詩、宋詞，優游古文詩詞間，是此生最大的福份。求闕自概，自勉之。

翁惠胜 台灣嘉義縣人，日本拓殖大學國際經濟研究所畢業。從事公職三十餘年，於二○○六年九月退休後涉足漢詩，承楊振福老師啓蒙，漢學者老張國裕老師學習創作，黃冠人老師學習吟唱，現任天籟吟社監事、台灣瀛社詩學會社員、台灣省台北市城隍廟漢文讀書會學員。

李柏桐 筆名居隱，一九五四年生，宜蘭市人，現居台北市內湖碧湖畔。

陳麗華

一九七七年中興大學畢業後從事業鞋類貿易二十餘年；二〇一〇年畢業於台師大台文所在職專班。二〇〇五年從漢學者老張國裕先生學詩詞創作，並忝為天籟吟社社員。多年來秉持國裕先生之教誨，以達觀之態度，寫詩抒情自娛養性。

我才高商畢業，偶然在社區大學跟隨楊振福老師學習唐詩創作，加入天籟吟社後，跟隨張國裕老師讀書。在此要感謝天籟吟社歐陽開代前社長及姚啓甲名譽理事長，聘請陳文華教授等老師為社員授課，兩位社長有遠大的目標和熱心，提供良好的讀書環境讓社員讀書學習，我們才能持續的進步。

洪淑珍

一九五四年生於台灣，空大社科系畢、臺灣漢學教育協會認證、漢學私塾養成。中歲始學詩，師事梁炯輝、黃冠人、李春榮、楊震福、張國裕、林正三等門下學吟唱、閩南語聲韻及創作。詩因愛好古典詩詞而樂為詩的志工。主編瀛社風義錄、夜風樓吟草、詩學含英修訂版。現任乾坤詩刊雜誌社發行人、臺北市天籟吟社理事。臺灣瀛社詩學會常務理事、新北市灘音吟社理事、詩詞吟唱社教講師。

陳春祿

一九五六年生於台南市，自幼即喜歡閱讀中國古典文學，花甲年退休後加入天籟吟社，方才開始古典詩詞之寫作。

周麗玲　別號心樂萊，年過花甲，大專畢。二〇一四年在三千教育中心習作古典詩於楊維仁老師，學詩詞吟唱於余美瑛老師。二〇一八年由二位恩師推薦加入天籟吟社。作詩對我而言，寫我心中意念，綴成人生記痕。

林素卿　一九五八年，生宜蘭頭城人，日本東京東洋大學經濟系畢業。二〇〇六年承楊振福老師啓蒙學習詩詞創作，漸生興趣，目前忝為天籟吟社社員，並於台北保安宮跟隨黃冠人老師學習河洛漢詩吟唱。

吳秀眞　字懷真，號雲夢泛影，一九六〇年生，嘉義人。臺灣大學法律系畢業，曾任師大兒文營詩詞吟唱教師、小學推廣教育詩詞吟唱教師、基隆堵南國小詩詞吟唱教師、大學吟唱指導老師、臺灣瀛社詩學會秘書長、常務理事。現任臺灣瀛社詩學會副理事長、世界河洛文化振興協會副理事長、台灣專業人士協進會常務理事、台北市松山社大及其他社教單位詩詞吟唱教師。

王百祿　筆名百鹿，台灣高雄人。庚子年五月廿三、廿四日，天籟吟社古典詩寫作班師生一行七人同訪宜蘭三星詩友，詩為遊記，得八首。

王文宗　一九六一年生於瑞芳小粗坑，在大稻埕迪化街成長。畢業於明新工專電機科，目前擔任康稷機電公司經理、台北市及台灣區消防公會理、監事。受教於楊維仁、余美瑛老師習詩及吟唱，並蒙兩位老師推薦加入天籟吟社。

鄭景升　筆名醉雨。學詩於網路古典詩詞雅集。

林志賢　雲林縣北港鎮人。四十歲前尚不識平仄，學詩於網路古典詩詞雅集。後由楊維仁老師引入天賴吟社。

張珍貞　戊戌年得許澤耀老師啓蒙，優游於詩詞吟唱之林，不亦樂乎！己亥年，追隨楊維仁老師學習古典詩創作，以及余美瑛老師學習詩詞吟唱，其樂無窮！庚子年，加入天籟吟社，望能覓得前賢足跡，習得詩詞點滴精髓，以達精進成長之效。

楊維仁　現任臺北市天籟吟社理事長。曾獲台北文學獎、教育部文藝創作獎、宜蘭縣蘭陽文學獎、南投縣玉山文學獎、彰化縣磺溪文學獎，著有《抱樸樓吟草》、《網川漱玉》（合集）、《網雅吟選》（合集）、《網苑凝香》（合集），主編《大雅天籟》、《天籟新聲》、《網雅吟選》、《天籟元音》、《天籟吟風》、《天籟吟社九十週年紀念集》、《捲

李正發
籟軒師友集》等。
筆名小發。一九七一年出生於雲林，南華大學文學系碩士，網路古典詩詞雅集創始版主之一，曾獲台北文學獎古典詩組評審獎。

吳身權
筆名子衡，一九七四年出生臺灣雲林，成長於台中、就業於台北，二〇〇七年移居新竹，目前任職新竹市警察局。

吳宜鴻
大一國文選修了古典詩，有幾次忘了去上課，期考答的不是很好，期末差點被當。後來一些班上的好友，選修中文系的周易，正逢成大蘭亭復社，他們結識了一群夜中文學長姐，也就都入了社，後來我也加入了詩社，這是接觸古典詩的機緣，一路上結識許多古典詩的優秀朋友。隨著時間的經過，感觸越來越多，詩倒是寫的越來越少。

劉坤治
筆名靜默，一九七八年生，臺灣臺北人。嗜書法，喜寫詩。作品存於《霜毫樓吟稿》。

張富鈞
洄瀾人，淡江大學中文系研究所博士班畢業，客居京華逾二十載。詩學由胡傳安老師啓蒙，後承蒙陳文華、顏崑陽、簡錦松、張夢機諸位老師，及楊維仁、李啓嘉、普義南、張韶祁等諸位學長姐指點，然生性疏懶，無甚進境。

張家菀

臺灣宜蘭人，淡江大學中文所文學碩士。師事陳文華教授，曾獲蔣國樑古典詩創作獎、中興湖文學獎等，現任台北市天籟吟社理事、網路古典詩詞雅集版主。創作觀：「若是曉珠明又定，一生長對水精盤」。

何維剛

臺灣大學中文系博士，重與詩社、天籟詩社社員。著有《六朝哀挽詩文研究》。

林立智

臺南人、貓奴。苦心孤詣研究減肥多年，專長卻是長肉。套某名人之名言，即説咒曰：無正業、不務正業、以不務正業為正業。

林宸帆

筆名彼岸花，淡江大學碩士生。曾獲台北文學獎、教育部文藝獎、蔣國樑首獎、天籟詩獎。《毛詩序》云：「情動於中而形於言」，僕基隆人也，今上庠八載，歸鄉甚少，鄉愁於茲，情思如是，詩之所綴皆一時衷臆矣。

詹培凱

一九九五年生，台北人，彰師大國文系畢業，國中時受業於楊維仁老師，二〇一五年加入天籟吟社。得獎紀錄：二〇一九天籟詩獎佳作、第四、五、六屆蔣國樑先生古典詩創作獎、第三屆台南市古典詩主題徵詩等。

莊岳璘

臺北人，東吳大學中國文學系畢業，好吟唱與填詞曲；古典詩創作初受林宜陵老師及許懷之老師奠基，後得李皇志老師指導；學生時期曾任停雲詩社社長及顧問；嘗獲天籟詩獎、蔣國樑先生古典詩創作獎、停雲詩獎等。

天籟吟社大事紀要（二〇一五至二〇二〇年）

二〇一五年（民國一〇四年，乙未）

◎一月十八日，臺北市天籟吟社、網路古典詩詞雅集、淡江大學驚聲古典詩社於三千教育中心聯合舉辦「古典詩詞講座」，由彰化師範大學國文系周益忠教授主講「談古律與今律」。

◎二月廿八日，於台北市福君海悅大飯店舉行第二屆第六次理監事聯席會，會後舉開乙未年春酒吟宴，由理事長歐陽開代宴請全體社員。

◎三月四日至十八日，開設「杜甫的古體詩（四）」課程，敦聘陳文華教授擔任詩學講座講師。

◎三月五日至七月二日，開設「詞選（四）」課程，敦聘文幸福教授擔任詩詞講座講師。

◎三月五日至七月二日，開設「古典詩詞寫作及吟唱（二）」課程，敦聘楊維仁老師、余美瑛老師分別擔任古典詩詞寫作及吟唱講師。

◎三月八日，於三千教育中心舉辦乙未年春季例會。例會首唱詩題〈改變成真〉七律十二文韻，次唱詩題〈霾害〉七絕八庚韻。

◎三月十五日，臺北市天籟吟社、網路古典詩詞雅集、淡江大學驚聲古典詩社於三千教育中心聯合舉辦「古典詩詞講座」，由中興大學台文所廖振富教授主講「台灣古典詩的時代性與藝術性—以櫟社詩人作品為例」。

◎四月十九日，臺北市天籟吟社、網路古典詩詞雅集、淡江大學驚聲古典詩社於三千教育中心聯合舉辦「古典詩詞講座」，由彰化師範大學國文系張清泉教授主講「李炳南先生的詩作與唱腔」。

◎五月十七日，臺北市天籟吟社、網路古典詩詞雅集、淡江大學驚聲古典詩社於三千教育中心聯合舉辦「古典詩詞講座」，由德霖技術學院通識中心陳秀美副教授主講「李商隱的愛情詩」。

◎五月卅一日，本社陳麗華詞長榮獲「第十七屆台北文學獎」古典詩組優選。

◎六月廿一日，臺北市天籟吟社、網路古典詩詞雅集、淡江大學驚聲古典詩社於三千教育中心聯合舉辦「古典詩詞講座」，由德霖技術學院通識中心林帥月副教授主講「悠遊？憂遊？——淺談遊仙詩」。

◎六月廿八日，於三千教育中心舉辦第三屆第一次會員大會暨第三屆第一次理監事聯席會。會中選出第三屆理監事及聘任名譽理事長、顧問、總幹事如下：

名譽理事長：歐陽開代

顧　　問：葉世榮、莫月娥

理 事 長：姚啓甲

常務理事：周福南、楊維仁

理　　事：余美瑛、李玲玲、張民選、陳碧霞、洪淑珍、黃明輝

後補理事：翁惠甠、黃仲平

常務監事：姜金火

監　　事：陳文識、陳麗華

後補監事：黃言章

總 幹 事：楊志堅

會後並舉辦乙未年夏季例會。首唱詩題〈夏日即事〉五律十三元韻，次唱詩題〈聽蟬〉五絕十四寒韻。

◎七月十九日，臺北市天籟吟社、網路古典詩詞雅集、淡江大學驚聲古典詩社於三千教育中心聯合舉辦「古典詩詞講座」，由臺灣大學中文系陳建男助理教授主講「清初余懷的詩詞與遊歷」。

◎九月三日至十二月卅一日，開設「詞選（五）」課程，敦聘文幸福教授擔任詩詞講座講師。

◎九月三日至十二月卅一日，開設「古典詩詞寫作及吟唱（三）」課程，敦聘楊維仁老師、余美瑛老師分別擔任古典詩詞寫作及吟唱講師。

◎九月十三日，於三千教育中心舉辦乙未年秋季例會。例會首唱詩題〈天籟薪傳〉七律十四寒韻，次唱詩題〈重陽菊〉五絕一東韻。

◎九月廿日，臺北市天籟吟社、網路古典詩詞雅集、淡江大學驚聲古典詩社於三千教育中心聯合舉辦「古典詩詞講座」，由中央大學中文系李宜學助理教授主講「白露詩詞選講」。

◎十月十八日，臺北市天籟吟社、網路古典詩詞雅集、淡江大學驚聲古典詩社於三千教育中心聯合舉辦「古典詩詞講座」，由中央大學中文系李瑞騰教授主講「我的詩人朋友」。

◎十月廿五日，於大直典華飯店藏真廳舉辦「臺北市天籟吟社九十五週年社慶徵詩比賽頒獎典禮暨《天籟清吟：天籟吟社九十五週年紀念詩集》新書發表」。會中並邀請顏崑陽教授進行專題演講「古典詩創作如何做到『虛實相生』？」。

◎十一月十四日，本社許澤耀詞長晉身為台灣師範大學認可之台語漢詩吟唱講師。

◎十一月十五日，臺北市天籟吟社、網路古典詩詞雅集、淡江大學驚聲古典詩社於三千教育中心聯合舉辦「古典詩詞講座」，由德霖技術學院通識中心陳秀美副教授主講「李商隱的無題詩中的愛情書寫」。

◎十二月二日，本社詹培凱詞長榮獲「二〇一五聶紺弩杯中華學子傳統詩詞邀請賽」一等獎季軍。

◎十二月十三日，於三千教育中心舉辦乙未年冬季例會暨第二屆天籟調詩詞吟唱觀摩。例會首唱詩題〈秋豔〉五律十五刪韻，次唱詩題〈冬陽〉七絕十四寒韻。會後並舉辦第三屆第二次理監事聯席會，會中原任楊志堅總幹事因身體因素請辭，通過由陳淑惠財務幹事兼任總幹事。

◎十二月廿日，臺北市天籟吟社、網路古典詩詞雅集、淡江大學驚聲古典詩社於三千教育中心聯合舉辦「古典詩詞講座」，由成功大學中文系吳榮富助理教授主講「當下即是：談當代古典詩觀」。

二〇一六年（民國一〇五年，丙申）

◎一月十七日，臺北市天籟吟社、網路古典詩詞雅集、淡江大學驚聲古典詩社於三千教育中心聯合舉辦「古典詩詞講座」，由實踐大學應用中文系林宏達講師主講「清人筆下的李後主及其詞作」。

◎二月廿一日，於台北晶華酒店舉行第三屆第三次理監事聯席會，會後舉開丙申年春酒吟宴，由姚啓甲理事長宴請全體社員。

◎三月三日至七月七日，開設「唐宋詞選（六）」課程，敦聘文幸福教授擔任詞選講座講師。

◎三月三日至七月七日，開設「古典詩詞寫作及吟唱（四）」課程，敦聘楊維仁老師、余美瑛老師分別擔任古典詩詞寫作及吟唱講師。

◎三月九日開設七月十三日，開設「杜甫的古體詩（五）」課程，敦聘陳文華教授擔任詩學講座講師；開設「詩學專題講座（一）」課程，敦聘顏崑陽教授擔任詩學講座講師。

◎三月十三日，於三千教育中心舉辦丙申年春季例會。例會首唱詩題〈蓬島迎春〉七律一先韻，次唱詩題〈春寒〉七絕一東韻。

◎三月廿日，臺北市天籟吟社、網路古典詩詞雅集、淡江大學驚聲古典詩社於三千教育中心聯合舉辦「古典詩詞講座」，由輔仁大學中文系孫永忠副教授主講「古詩詞的迴旋往復之趣」。

◎四月十七日，臺北市天籟吟社、網路古典詩詞雅集、淡江大學驚聲古典詩社於三千教育中心聯合舉辦「古典詩詞講座」，由輔仁大學中文系王欣慧助理教授主講「調暢精深一論張若虛〈春江花月夜〉在明代的接受」。

◎五月十五日，臺北市天籟吟社、網路古典詩詞雅集、淡江大學驚聲古典詩社於三千教育中心聯合舉辦「古典詩詞講座」，由輔仁大學中文系詹千慧講師主講「作品鑒賞對於詩詞教學與創作之助益」。

◎五月廿七日，姚啓甲理事長代表本社參加彰化師範大學「詩歌與民間文學學術研討會」民間詩社與學院對話論壇。

◎六月十二日，於三千教育中心舉辦第三屆第二次會員大會暨第三屆第四次理監事聯席會。會後並舉辦丙申年夏季例會。首唱詩題〈農忙〉五律二蕭韻，次唱詩題〈咖啡〉五絕一東韻。

◎六月十九日，臺北市天籟吟社、網路古典詩詞雅集、淡江大學驚聲古典詩社於三千教育中心聯合舉辦「古典詩詞講座」，由成功大學中文系王偉勇教授主講「談詩詞的聲情」。

◎七月十七日，臺北市天籟吟社、網路古典詩詞雅集、淡江大學驚聲古典詩社於三千教育中心聯合舉辦「古典詩詞講座」，由康橋中學國文科張韶祁老師主講「談宋代詩話中的才學關係」。

◎八月廿四日，本社陳麗華監事榮獲「第五屆乾坤詩獎」古典詩組佳作。

◎九月一日至一月十九日，開設「唐宋詞選（七）」課程，敦聘文幸福教授擔任詞選講座講師。

◎九月一日至一月五日，開設「古典詩詞寫作及吟唱（五）」課程，敦聘楊維仁老師、余美瑛老師分別擔任古典詩詞寫作及吟唱講師。

◎九月七日至一月十八日，開設「杜甫的古體詩（六）」課程，敦聘陳文華教授擔任詩學講座講師；開設「詩學專題講座（二）」課程，敦聘顏崑陽教授擔任詩學講座講師。

◎九月十一日，舉辦丙申年秋季例會暨秋季旅遊。例會首唱詩題〈感懷〉七律三肴韻。因舉行秋季旅遊，無次唱。

◎九月十八日，臺北市天籟吟社、網路古典詩詞雅集、淡江大學驚聲古典詩社於三千教育中心聯合舉辦「古典詩詞講座」，由臺灣師範大學臺文系林淑慧教授主講「台灣古典詩中的桃花源意象」。

◎十月十六日，臺北市天籟吟社、網路古典詩詞雅集、淡江大學驚聲古典詩社於三千教育中心聯合舉辦「古典詩詞講座」，由中央大學中文系顧敏耀博士主講「鴻文能繪湖山貌，鳳藻偶宣哀樂情──張夢機詩中的臺灣山水」。

◎十一月五日，由本社姚啓甲理事長帶隊參加「王者之香古典詩臺語朗誦比賽」，天籟吟社文心蘭隊（許澤耀詞長、楊維仁常務理事、蔡佳玲詞長）與天籟吟社台灣一葉蘭隊（姚啓甲理事長、陳文識監事、蔡久義詞長）分別榮獲第三名及佳作。

◎十一月廿日，臺北市天籟吟社、網路古典詩詞雅集、淡江大學驚聲古典詩社於三千教育中心聯合舉辦「古典詩詞講座」，由東寧樂府創辦人兼團長施瑞樓老師主講「我與詩詞吟唱的情緣」。

◎十二月六日，本社詹培凱詞長榮獲彰師大「第廿二屆白沙文學獎」古典詩歌組第二名。

◎十二月十一日，於三千教育中心舉辦丙申年冬季例會，首唱詩題〈憶〉五律四豪韻，次唱詩題〈寒冬〉七絕十一尤韻。會後舉辦第三屆第五次理監事聯席會暨第三屆詩詞賦吟唱觀摩。

◎十二月十八日，臺北市天籟吟社、網路古典詩詞雅集、淡江大學驚聲古典詩社於三千教育中心聯合舉辦「古典詩詞講座」，由彰化師範大學國文系吳東晟專案助理教授主講「唐詩的現代詩詮釋」。

二〇一七年（民國一〇六年，丁酉）

◎二月五日，於台北晶華酒店 Robin's 鐵板燒舉行第三屆第六次理監事聯席會，會後舉辦丁酉年春酒吟宴，由姚啓甲理事長宴請全體社員。

◎二月十九日，臺北市天籟吟社、網路古典詩詞雅集、淡江大學驚聲古典詩社於三千教育中心聯合舉辦「古典詩詞講座」，由成功大學中文系施懿琳教授主講「臺灣竹枝詞中的鹿港圖像」。

◎三月一日至七月五日，開設「詞選（一）」課程，敦聘陳文華教授擔任詞選講座講師；開設「詩學專題講座（三）」課程，敦聘顏崑陽教授擔任詩學講座講師。

◎三月二日至七月六日，開設「唐宋詞選（八）」課程，敦聘文幸福教授擔任詞選講座講師。

◎三月二日至六月廿九日，開設「古典詩詞寫作及吟唱（六）」課程，敦聘楊維仁老師、余美瑛老師分別擔任古典詩詞寫作及吟唱講師。

◎三月十二日，於三千教育中心舉辦丁酉年春季例會。例會首唱詩題〈茶道〉七律五歌韻，次唱詩題〈祈雨〉七絕十三覃韻。

◎三月十九日，臺北市天籟吟社、網路古典詩詞雅集、淡江大學驚聲古典詩社於三千教育中心聯合舉辦「古典詩詞講座」，由海洋大學張長臺教授主講「劉柳酬唱詩欣賞」。

◎四月十六日，臺北市天籟吟社、網路古典詩詞雅集、淡江大學驚聲古典詩社於三千教育中心聯合舉辦「古典詩詞講座」，由臺北市立大學中文系梁淑媛教授主講「飛向星星的你（sic itur ad astra）一個跨文化科幻賦作〈輕氣球賦〉的遊樂園意涵」。

◎五月七日，本社顧問莫月娥老師辭世，天籟吟社成立治喪委員會，由姚啓甲理事長擔任主任委員。六月四日告別式，本社印行《天籟吟社顧問李母莫太夫人月娥女史哀思錄》。

◎五月廿一日，臺北市天籟吟社、網路古典詩詞雅集、淡江大學驚聲古典詩社於三千教育中心聯合舉辦「古典詩詞講座」，由彰化師範大學國文系林明德教授主講「跨出唐詩的邊疆：宋詞欣賞舉隅」。

◎六月十一日，於三千教育中心舉辦第四屆第一次會員大會暨第四屆第一次理監事聯席會。會中選出第四屆理監事及聘任名譽理事長、顧問、總幹事如下：

名譽理事長：歐陽開代
顧　問：葉世榮
理事長：姚啓甲
常務理事：周福南、楊維仁
理　事：李玲玲、洪淑珍、張富鈞、陳文識、陳碧霞、甄寶玉
後補理事：余美瑛、張民選、吳身權
常務監事：姜金火
監　事：陳麗華、歐陽燕珠
後補監事：張家菀
總幹事：陳淑惠

會後並舉辦丁酉年夏季例會。首唱詩題〈曉起〉五律六麻韻，次唱詩題〈齊柏林〉五絕十灰韻。

◎六月十八日，臺北市天籟吟社、網路古典詩詞雅集、淡江大學驚聲古典詩社於三千教育中心聯合舉辦「古典詩詞講座」，由元智大學中語系張柏恩助理教授主講「夜深江上解愁思，拾得紅蕖香惹衣」：詩也能成就姻緣？兼談語境推理」。

◎七月十六日，臺北市天籟吟社、網路古典詩詞雅集、淡江大學驚聲古典詩社於三千教育中心聯合舉辦「古典詩詞講座」，由臺灣師範大學國文系林佳蓉教授主講「王維詩中的禪境」。

◎七月廿八日，本社吳俊男詞長榮獲「一〇六年教育部文藝創作獎」教師組詩詞項（古典詩詞）佳作、林宸帆詞長榮獲學生組詩詞項（古典詩詞）佳作。

◎九月一日，本社詹培凱詞長榮獲「台南市古典詩主題徵詩」學生組優選。

◎九月一日，本社姚啓甲理事長榮獲竹山克明宮徵聯活動「克明」冠首組佳作；林顏女史榮獲「不冠首」讚關聖帝君組佳作。

◎九月六日至一月十七日，開設「詞選（二）」課程，敦聘陳文華教授擔任詞選講座講師；開設「詩學專題講座（四）」課程，敦聘顏崑陽教授擔任詩學講座講師。

◎九月七日至一月四日，開設「金元詞選（一）」課程，敦聘文幸福教授擔任詞選講座講師。

◎九月七日至一月四日，開設「古典詩詞寫作及吟唱（七）」課程，敦聘楊維仁老師、余美瑛老師分別擔任古典詩詞寫作及吟唱講師。

◎九月十日，舉辦丁酉年秋季例會暨秋季旅遊。例會首唱詩題〈螢〉七律七陽韻。因舉行秋季旅遊，無次唱。士林官邸、故宮博物院半日遊，特邀林佳蓉教授導覽故宮字畫。

◎九月十七日，臺北市天籟吟社、網路古典詩詞雅集、淡江大學驚聲古典詩社於三千教育中心聯合舉辦「古典詩詞講座」，由《全臺詩》總校黃哲永教授主講「台灣古典詩集的收藏與應用」。

◎十月十五日，臺北市天籟吟社、網路古典詩詞雅集、淡江大學驚聲古典詩社於三千教育中心聯合舉辦「古典詩詞講座」，由元智大學中語系鍾雲鶯教授主講「台灣扶鸞詩研究」。

◎十一月十九日，由許澤耀詞長率領陳文識詞長、林長弘詞長、余美瑛詞長及蔡久義詞長，代表本社參加梅川學會「大漢清韻詩詞雅樂發表會」。

◎十一月十九日，臺北市天籟吟社、網路古典詩詞雅集、淡江大學驚聲古典詩社於三千教育中心聯合舉辦「古典詩詞講座」，由臺灣大學中文系歐麗娟教授主講「《紅樓夢》中的詩社與創作活動」。

◎十二月十日，於三千教育中心舉辦丙申年冬季例會，首唱詩題〈丁酉孟冬即事〉五律八庚韻，次唱詩題〈冬晴〉五絕十三元韻。會後舉辦第四屆第二次理監事聯席會暨第四屆詩詞賦吟唱觀摩。

◎十二月十七日，臺北市天籟吟社、網路古典詩詞雅集、淡江大學驚聲古典詩社於三千教育中心聯合舉辦「古典詩詞講座」，由中研院院士曾永義教授主講「詩情與詞情」。

二〇一八年（民國一〇七年，戊戌）

◎一月十九日，本社洪淑珍理事榮任乾坤詩刊發行人。

◎一月廿一日，臺北市天籟吟社、網路古典詩詞雅集、淡江大學驚聲古典詩社於三千教育中心聯合舉辦「古典詩詞講座」，由國史館臺灣文獻館退休研究員林文龍老師主講「詠懷擊缽兩相歡－臺灣閒詠詩與擊缽詩的分合」。

◎二月廿五日，於國賓飯店樓外樓舉行第四屆第三次理監事聯席會，會後舉辦戊戌年春酒吟宴，由姚啓甲理事長宴請全體社員。

◎三月一日至七月五日，開設「金元詞選（二）」課程，敦聘文幸福教授擔任詞選講座講師。

◎三月一日至七月五日，開設「古典詩詞寫作及吟唱（八）」課程，敦聘楊維仁老師、余美瑛老師、黃冠人老師分別擔任古典詩詞寫作及吟唱講師。

◎三月七日至七月十一日，開設「詞選（三）」課程，敦聘陳文華教授擔任詞選講座講師；開設「詩學專題講座（五）」課程，敦聘顏崑陽教授擔任詩學講座講師。

◎三月十一日，於三千教育中心舉辦戊戌年春季例會。例會首唱詩題〈戊戌春願〉七律九青韻，次唱詩題〈賞櫻〉七絕十一尤韻。

◎三月十八日，臺北市天籟吟社、網路古典詩詞雅集、淡江大學驚聲古典詩社於三千教育中心聯合舉辦「古典詩詞講座」，由臺灣師範大學國文系林佳蓉教授主講「張若虛〈春江花月夜〉中『月』的角色扮演」。

◎四月二日，本社林宸帆詞長榮獲「第二十屆台北文學獎」古典詩評審獎；吳俊男詞長榮獲優等獎。

◎四月十五日，臺北市天籟吟社、網路古典詩詞雅集、淡江大學驚聲古典詩社於三千教育中心聯合舉辦「古典詩詞講座」，由世新大學中文系陳志峰副教授主講「從文字的藝術技巧談古典詩詞對《詩經》的繼承與發展」。

◎五月廿日，臺北市天籟吟社、網路古典詩詞雅集、淡江大學驚聲古典詩社於三千教育中心聯合舉辦「古典詩詞講座」，由清華大學中文系博士後研究劉威志老師主講「重讀荊軻刺秦：汪精衛的烈士情結析論」。

◎六月十日，於三千教育中心舉辦第四屆第二次會員大會，會後並舉辦戊戌年夏季例會。首唱詩題〈汗珠〉五律十蒸韻，次唱詩題〈夏夜〉五絕二冬韻。

◎六月十四日，本社楊維仁常務理事榮獲「教育部一〇七年杏壇芬芳獎」。

◎六月十四日，本社吳身權詞長當選為內政部警政署一〇七年第五十四屆全國模範警察。

◎六月十七日，臺北市天籟吟社、網路古典詩詞雅集、淡江大學驚聲古典詩社於三千教育中心聯合舉辦「古典詩詞講座」，由臺灣師範大學臺文系退休教授姚榮松教授主講「從高友工到曹逢甫：從語言學看唐詩」。

◎七月十五日，臺北市天籟吟社、網路古典詩詞雅集、淡江大學驚聲古典詩社於三千教育中心聯合舉辦「古典詩詞講座」，由美和科技大學通識中心孫吉志助理教授主講「從羅尚詩談起」。

◎七月十八日，於福君海悅二樓御珍軒舉辦第四屆第四次臨時理監事聯席會。

◎八月廿二日，本社何維剛詞長榮獲「第四屆臺南市古典詩主題徵選」社會組佳作。

◎八月廿二日，本社何維剛詞長榮獲「二〇一八南投縣玉山文學獎」古典詩組優選。

◎九月五日至一月十六日，開設「詞選（四）」課程，敦聘陳文華教授擔任詞選講座講師；開設「詩學專題講座（六）」課程，敦聘顏崑陽教授擔任詩學講座講師。

◎九月六日至一月十日，開設「金元詞選（三）」課程，敦聘文幸福教授擔任詞選講座講師。

◎九月六日至一月十日，開設「古典詩詞寫作及吟唱（九）」課程，敦聘楊維仁老師、余美瑛老師分別擔任古典詩詞寫作及吟唱講師。

◎九月九日，舉辦戊戌年秋季例會暨秋季旅遊。例會首唱詩題〈晚眺〉七律十一尤韻。因舉行秋季旅遊，無次唱。國立海洋科技博物館半日遊。

◎九月十六日，臺北市天籟吟社、網路古典詩詞雅集、淡江大學驚聲古典詩社於三千教育中心聯合舉辦「古典詩詞講座」，由東吳大學中文系蘇淑芬教授主講「談臺灣詞社」。

◎九月廿二日，受臺北市孔廟管理委員會邀請，於臺北市孔廟「天籟詠月」詩詞吟唱活動中表演，座無虛席。

◎十月廿一日，臺北市天籟吟社、網路古典詩詞雅集、淡江大學驚聲古典詩社於三千教育中心聯合舉辦「古典詩詞講座」，由政治大學中文系陳英傑助理教授主講「『摹擬』如何成為一種弊病？以明代復古派詩歌為例」。

◎十一月十八日，臺北市天籟吟社、網路古典詩詞雅集、淡江大學驚聲古典詩社於三千教育中心聯合舉辦「古典詩詞講座」，由臺灣大學中文系陳建男兼任助理教授主講「東坡詩詞中的飲食與人生」。

◎十二月八日，於新莊典華飯店舉行「二〇一八天籟詩獎頒獎典禮」。會中邀請顏崑陽教授主講「古典詩如何表現『現代感』與『在地感』？」，並舉行詩學座談，暢談「當代的古典詩創作實務」，由文幸福教授擔任與談人兼主持人，李知灝教授、李啓嘉老師、楊維仁老師擔任與談人。由陳文華教授擔任社會組詩獎講評及頒獎人、由徐國能教授擔任青年組詩獎講評及頒獎人。

社會組首獎：鄭景升

優選：林宸帆、林懷益、黃福田

佳作：洪淑珍、許朝發、簡帥文、陳文峰、鄭世欽

青年組首獎：吳紘禎

優選：陳信宇、林立智、陳坤第

佳作：楊竣富、蘇思寧、洪筱婕、邱瀚霆、許嘉鴻

◎十二月九日，於三千教育中心舉辦戊戌年冬季例會，首唱詩題〈冬至望遠寄懷〉五律十二侵韻，次唱詩題〈清吟〉七絕八齊韻。會後舉辦第四屆第五次理監事聯席會暨第五屆詩詞賦吟唱觀摩。

◎十二月十六日，臺北市天籟吟社、網路古典詩詞雅集、淡江大學驚聲古典詩社於三千教育中心聯合舉辦「古典詩詞講座」，由澹廬書會諮詢委員蔣夢龍老師主講「曹容先生詩書漫談」。

二〇一九年（民國一〇八年，己亥）

◎一月二十日，臺北市天籟吟社、網路古典詩詞雅集、淡江大學驚聲古典詩社於三千教育中心聯合舉辦「古典詩詞講座」，由清華大學台文所徐淑賢老師主講「臺灣古典詩的現代轉譯」。

◎二月十七日，於國賓飯店樓外樓舉行第四屆第六次理監事聯席會，會後舉辦己亥年春酒吟宴，由姚啓甲理事長宴請全體社員。

◎三月六日至六月廿六日，開設「詞選（五）」課程，敦聘陳文華教授擔任詞選講座講師；開設「詩學專題講座（七）」課程，敦聘顏崑陽教授擔任詩學講座講師。

◎三月七日至六月廿七日，開設「古典詩詞寫作及吟唱（十）」課程，敦聘楊維仁老師、余美瑛老師分別擔任古典詩詞寫作及吟唱講師。

◎三月十日，於三千教育中心舉辦己亥年春季例會。例會首唱詩題〈留春〉七律十三覃韻，次唱詩題〈春夜〉七絕二蕭韻。

◎三月十七日，臺北市天籟吟社、網路古典詩詞雅集、淡江大學驚聲古典詩社於三千教育中心聯合舉辦「古典詩詞講座」，由臺灣師範大學國文系徐國能教授主講「詩法與創作」。

◎四月廿一日，臺北市天籟吟社、網路古典詩詞雅集、淡江大學驚聲古典詩社於三千教育中心聯合舉辦「古典詩詞講座」，由香港能仁專上學院中文系黃坤堯教授主講「香港詩壇三大家：陳湛銓、饒宗頤、蘇文擢」。

◎五月十五日，於三千教育中心舉辦舉辦「二〇一八天籟詩獎得獎作品書法展」。由輔仁大學陳文生教授書寫詩獎得獎作品。

◎五月十九日，臺北市天籟吟社、網路古典詩詞雅集、淡江大學驚聲古典詩社於三千教育中心聯合舉辦「古典詩詞講座」，由中興大學中文系祁立峰教授主講「六朝同題共作與贈答詩」。

◎六月九日，於三千教育中心舉辦第五屆第一次會員大會暨第五屆第一次理監事聯席會。會中選出第五屆理監事及聘任名譽理事長、顧問、總幹事如下：

名譽理事長：姚啓甲

顧　　問：葉世榮

理　事　長：楊維仁

常務理事：陳文識、陳碧霞

理　　事：余美瑛、吳身權、周福南、洪淑珍、張家菀、歐陽開代

後補理事：甄寶玉
常務監事：姜金火
監　　事：翁惠貽、歐陽燕珠
後補監事：陳麗華
總　幹　事：張富鈞
財務幹事：陳淑惠

會後並舉辦己亥年夏季例會。首唱詩題〈夏蹤〉五律十四鹽韻，次唱詩題〈桐花〉七絕四支韻。

◎六月十六日，臺北市天籟吟社、網路古典詩詞雅集、淡江大學驚聲古典詩社於三千教育中心聯合舉辦「古典詩詞講座」，由大紀元時報專欄主筆吳雁門老師主講「兩岸網路詩人談龍錄」。

◎七月一日，於臉書開設天籟吟社粉絲頁。

◎七月廿一日，臺北市天籟吟社、網路古典詩詞雅集、淡江大學驚聲古典詩社於三千教育中心聯合舉辦「古典詩詞講座」，由東海大學中文系呂珍玉教授主講「奇思異想，不拘一格：古典詩的奇妙意趣」。

◎八月五日，「二〇一九天籟詩獎」開始徵稿，本屆社會組徵詩題目為「台灣街景」，青年組徵詩題目為「寵物」，天籟組徵詩題目為「台灣小吃」。

◎九月五日至一月二日，開設「古典詩詞寫作及吟唱B（一）」課程，敦聘楊維仁老師、余美瑛老師分別擔任古典詩詞寫作及吟唱講師。

◎九月八日，舉辦己亥年秋季例會暨秋季旅遊。例會首唱詩題〈試茶〉七律十五咸韻。因舉行秋季旅遊，無次唱。坪林茶業博物館半日遊。

◎九月十五日，臺北市天籟吟社、網路古典詩詞雅集、淡江大學驚聲古典詩社於三千教育中心聯合舉辦「古典詩詞講座」，由臺灣科技大學游適宏教授主講「清代臺灣賦的承舊與成就」。

◎十月八日，本社何維剛詞長榮獲「一〇八年教育部文藝創作獎」學生組詩詞項（古典詩詞）優選。

◎十月二十日，臺北市天籟吟社、網路古典詩詞雅集、淡江大學驚聲古典詩社於三千教育中心聯合舉辦「古典詩詞講座」，由海洋大學顏智英教授主講「海洋詩歌與創意設計」。

◎十一月廿三日，於台北巴赫廳舉辦「二〇一九天籟詩獎頒獎典禮」。由顏崑陽教授擔任社會組詩獎講評及頒獎人、由張韶祁教授擔任青年組詩獎講評及頒獎人、由張儷美老師擔任天籟組詩獎講評及頒獎人。

社會組首獎：林勇志
優選：林文龍、康凱淋
佳作：黃福田、林綉珠、李彥瑩、龔必強、陳靖元、曾景釗、邱天來、周絹、吳忠勇、陳耀安
青年組首獎：蘇思寧
優選：孫翊宸、吳紘禎
佳作：陳坤第、莊岳璘、曾俊源、洪晁權、賴逸穎、詹培凱、劉加妤、戴憲宗、黃品瑄、高守鴻
天籟組首獎：鄭景升
優選：陳文識、周麗玲
佳作：甄寶玉、陳麗華、吳秀真、姚啓甲、陳碧霞、劉坤治、洪淑珍、張素娥

◎十一月十七日，臺北市天籟吟社、網路古典詩詞雅集、淡江大學驚聲古典詩社於三千教育中心聯合舉辦「古典詩詞講座」，由元智大學陳巍仁教授主講「不負如來不負卿——六世達賴倉央嘉措的情詩傳奇。」

◎十二月八日，於三千教育中心舉辦己亥年冬季例會，首唱詩題〈邀飲〉五律一東韻，次唱詩題〈冬景〉五絕二蕭韻。會後舉辦第五屆第二次理監事聯席會暨第六屆詩詞賦吟唱觀摩。

◎十二月十五日，臺北市天籟吟社、網路古典詩詞雅集、淡江大學驚聲古典詩社於三千教育中心聯合舉辦「古典詩詞講座」，由中央大學卓清芬教授主講「清代女性自題畫像詩詞探析」。

◎十二月廿九日，本社蔡久義詞長榮獲「中華民國傳統詩學會二〇一九年度優秀詩人獎」。

二〇二〇年（民國一〇九年，庚子）

◎二月一日，於福君海悅大飯店御珍軒舉辦行第五屆第三次理監事聯席會，會後舉辦庚子年春酒吟宴，宴請全體社員。吟宴中並祝賀本社顧問葉世榮老師八八米壽之喜。本社印行《天籟吟社顧問葉世榮先生米壽賀詩專集》。

◎二月四日，因應嚴重特殊傳染性肺炎疫情影響，原定之「古典詩詞講座」與「古典詩詞寫作及吟唱課程」皆暫停舉辦。

◎三月八日，因應嚴重特殊傳染性肺炎疫情影響，首次以線上投稿方式舉辦庚子年春季例會。例會首唱詩題〈同舟共濟〉七律二冬韻，次唱詩題〈草莓〉七絕十一真韻。

◎五月廿六日，本社莊岳璘詞長榮獲「第十屆蔣國樑先生古典詩創作大賽」佳作。

◎六月十四日，於三千教育中心舉辦庚子年夏季例會。首唱詩題〈假新聞〉五律三江韻，次唱詩題〈遶境〉五絕十灰韻。會後並舉辦第五屆第四次理監事聯席會。

◎六月廿一日，臺北市天籟吟社、網路古典詩詞雅集、淡江大學驚聲古典

◎詩社於三千教育中心聯合舉辦「古典詩詞講座」，由中興大學台文所廖振富教授主講「欲吐哀音只賦詩：林獻堂詩與近代台灣」。

◎七月二日，於三千教育中心舉辦「二〇一九天籟詩獎得獎作品書法展」。由本社社員劉坤治先生書寫詩獎得獎作品。

◎七月十九日，臺北市天籟吟社、網路古典詩詞雅集、淡江大學驚聲古典詩社於三千教育中心聯合舉辦「古典詩詞講座」，由臺灣大學中文系邱怡瑄助理教授主講「春秋詩筆：詠史詩、詩史與戰爭書寫」。

◎七月廿五日，本社指導老師陳文華教授辭世，於八月十七日舉辦追思會。

◎八月三日，本社楊維仁理事長與何維剛詞長榮獲「二〇二〇年彰化縣政府第廿二屆磺溪文學獎」傳統詩類優選。

◎八月廿五日，「二〇二〇天籟詩獎」開始徵稿，本屆社會組徵詩題目為「臺灣文學作品」，青年組徵詩題目為「體育活動」，天籟組徵詩題目為「臺灣詩壇先賢」。

◎八月廿五日，本社莊岳璘詞長榮獲「雪漁盃第二屆瀛社先賢詩選競詠比賽」特別獎。

◎九月三日至十二月廿四日，開設「古典詩詞寫作及吟唱B（二）」課程，敦聘楊維仁老師、余美瑛老師分別擔任古典詩詞寫作及吟唱講師。

◎九月四日，本社林立智詞長榮獲「二〇二〇南投縣玉山文學獎」古典詩組優選。

◎九月十三日，舉辦庚子年秋季例會暨秋季旅遊。例會首唱詩題〈秋夜讀書〉七律四支韻。因舉行秋季旅遊，無次唱。金瓜石半日遊。會後並舉辦第五屆第二次會員大會。

◎九月十九日，本社社友張素娥女史榮獲「灘音吟社第三屆全國漢語古典詩詞吟唱比賽」第三名，莊岳璘詞長榮獲特優。

◎九月二十日，臺北市天籟吟社、網路古典詩詞雅集、淡江大學驚聲古典詩社於三千教育中心聯合舉辦「古典詩詞講座」，由中正大學台灣文學與創意應用研究所李知灝副教授主講「戰後東南亞漢詩社群在台發表與本土書寫」。

◎九月廿七日，本社楊維仁理事長榮獲「二〇二〇陽明山國際文創競賽」人文藝術類——古典詩社會組初選狀元及複賽榜眼，林顏女史、洪淑珍女史榮獲初選入圍。

◎九月廿九日，本社許澤耀詞長榮獲「台北市政府一〇九年度終身學習獎」。

◎十月十八日，臺北市天籟吟社、網路古典詩詞雅集、淡江大學驚聲古典詩社於三千教育中心聯合舉辦「古典詩詞講座」，由東南科技大學詹雅能通識教育中心詹雅能副教授主講「他鄉即故鄉——新竹舉人鄭家珍及其歸省留別詩」。

◎十一月十五日，臺北市天籟吟社、網路古典詩詞雅集、淡江大學驚聲古典詩社於三千教育中心聯合舉辦「古典詩詞講座」，由成功大學中文系教授陳美朱教授主講「以偏蓋全——談談《唐詩三百首》掩蓋下的唐詩樣貌」。

◎十二月六日，於臺北市青少年發展處六樓國際會議廳舉辦「二〇二〇天籟詩獎頒獎典禮」。

古典詩詞講座歷屆講者與講題

案：自二〇一一年四月起，臺北市天籟吟社、網路古典詩詞雅集、淡江大學驚聲古典詩社共同舉辦「古典詩詞講座」。每月定期邀請一位專家學者，對社員與一般大眾演講，藉此推廣古典詩詞文化。二〇一一年四月至二〇一五年十一月講者與講題請見《天籟清吟：天籟吟社九十五週年紀念詩集》。

二〇一五年十二月 第四十八次講座
講題：當下即是：談當代古典詩觀
主講：吳榮富教授（成功大學中文系助理教授）

二〇一六年元月 第四十九次講座
講題：清人筆下的李後主及其詞作
主講：林宏達教授（實踐大學應用中文系講師、實踐玉屑詩社指導老師）

二〇一六年三月 第五十次講座
講題：古詩詞的迴旋往復之趣
主講：孫永忠教授（輔仁大學中文系副教授）

二〇一六年四月 第五十一次講座
講題：調暢情深─論張若虛〈春江花月夜〉在明代的接受
主講：王欣慧教授（輔仁大學中文系副教授）

二〇一六年五月　第五十二次講座
講題：作品鑒賞對於詩詞教學與創作之助益
主講：詹千慧教授（輔仁大學中文系兼任講師）

二〇一六年六月　第五十三次講座
講題：談詩詞的聲情
主講：王偉勇教授（成功大學中文系教授）

二〇一六年七月　第五十四次講座
講題：談宋代詩話中的才學關係
主講：張韶祁老師（康橋中學國文科教師）

二〇一六年九月　第五十五次講座
講題：台灣古典詩中的桃花源意象
主講：林淑慧教授（臺灣師範大學臺文系教授）

二〇一六年十月　第五十六次講座
講題：鴻文能繪湖山貌，鳳藻偶宣哀樂情—張夢機詩中的臺灣山水
主講：顧敏耀老師（中興大學中文系助理教授）

二〇一六年十一月　第五十七次講座
講題：我與詩詞吟唱的情緣
主講：施瑞樓老師（東寧樂府創辦人兼團長）

二〇一六年十二月 第五十八次講座

講題：詮唐詩：唐詩的現代詩詮釋

主講：吳東晟教授（彰化師範大學國文系助理教授）

二〇一七年二月 第五十九次講座

講題：臺灣竹枝詞中的鹿港圖像

主講：施懿琳教授（成功大學中文系退休教授）

二〇一七年三月 第六十次講座

講題：劉柳酬唱詩欣賞

主講：張長臺老師（海洋大學退休教師）

二〇一七年四月 第六十一次講座

講題：飛向星星的你（sic itur ad astra）：一個跨文化科幻賦作〈輕氣球賦〉的遊樂園意涵

主講：梁淑媛教授（臺北市立大學中文系教授）

二〇一七年五月 第六十二次講座

講題：跨出詩的邊疆：宋詞欣賞舉隅

主講：林明德教授（彰化師範大學國文系退休教授、財團法人中華民俗藝術基金會董事長）

二〇一七年六月 第六十三次講座

講題：「夜深江上解愁思，拾得紅蕖香惹衣」：詩也能成就姻緣？談語境和語境推理

主講：張柏恩教授（元智大學中語系兼任助理教授）

二〇一七年七月　第六十四次講座

講題：王維詩中的禪境

主講：林佳蓉教授（臺灣師範大學國文系教授）

二〇一七年九月　第六十五次講座

講題：台灣古典詩集的收藏與應用

主講：黃哲永老師（《全臺詩》總校）

二〇一七年十月　第六十六次講座

講題：台灣扶鸞詩研究

主講：鍾雲鶯教授（元智大學中語系教授）

二〇一七年十一月　第六十七次講座

講題：《紅樓夢》中的詩社與創作活動

主講：歐麗娟教授（臺灣大學中文系教授）

二〇一七年十二月　第六十八次講座

講題：聲情與詞情

主講：曾永義教授（中央研究院院士）

二〇一八年元月　第六十九次講座

講題：詠懷擊鉢兩相歡—臺灣閒詠詩與擊鉢詩的分合

主講：林文龍老師（國史館臺灣文獻館退休研究員）

二〇一八年三月　第七十次講座

講題：張若虛〈春江花月夜〉中「月」的角色扮演

主講：林佳蓉教授（臺灣師範大學國文系教授）

二○一八年四月　第七十一次講座

講題：從文字的藝術技巧談古典詩詞對《詩經》的繼承與發展

主講：陳志峰教授（世新大學中文系副教授）

二○一八年五月　第七十二次講座

講題：重讀荊軻刺秦：汪精衛的烈士情結析論

主講：劉威志教授（元智大學中語系助理教授）

二○一八年六月　第七十三次講座

講題：從高友工到曹逢甫：從語言學看唐詩

主講：姚榮松教授（臺灣師範大學臺文系退休教授）

二○一八年七月　第七十四次講座

講題：從羅尚詩談起

主講：孫吉志教授（美和科技大學通識中心助理教授）

二○一八年九月　第七十五次講座

講題：談臺灣詞社

主講：蘇淑芬教授（東吳大學中文系教授）

二○一八年十月　第七十六次講座

講題：「摹擬」如何成為一種弊病？以明代復古派詩歌為例

主講：陳英傑教授（政治大學中文系助理教授）

二〇一八年十一月　第七十七次講座

講題：東坡詩詞中的飲食與人生

主講：陳建男教授（臺灣大學中文系兼任助理教授）

二〇一八年十二月　第七十八次講座

講題：曹容先生詩書漫談

主講：蔣夢龍老師（澹廬書會諮詢委員）

二〇一九年元月　第七十九次講座

講題：臺灣古典詩的現代轉譯

主講：徐淑賢老師（清華大學台灣文學研究所博士生）

二〇一九年三月　第八十次講座

講題：詩法與創作

主講：徐國能教授（臺灣師範大學國文系教授）

二〇一九年四月　第八十一次講座

講題：香港詩壇三大家：陳湛銓、饒宗頤、蘇文擢

主講：黃坤堯教授（香港能仁專上學院中文系教授、香港中文大學聯合書院資深書院導師）

二〇一九年五月　第八十二次講座

講題：六朝同題共作與贈答詩

主講：祁立峰教授（中興大學中文系副教授）

二〇一九年六月　第八十三次講座

講題：兩岸網路詩人談龍錄

主講：吳雁門老師（大紀元時報專欄主筆）

二〇一九年七月　第八十四次講座

講題：奇思異想，不拘一格：古典詩的奇妙意趣

主講：呂珍玉教授（東海大學中文系教授）

二〇一九年九月　第八十五次講座

講題：清代臺灣賦的承舊與成就

主講：游適宏教授（臺灣科技大學通識中心教授）

二〇一九年十月　第八十六次講座

講題：海洋詩歌與創意設計

主講：顏智英教授（國立臺灣海洋大學海洋文創設計產業系教授兼系主任）

二〇一九年十一月　第八十七次講座

講題：不負如來不負卿——六世達賴倉央嘉措的情詩傳奇

主講：陳巍仁教授（元智大學通識部助理教授）

二〇一九年十二月　第八十八次講座

講題：清代女性自題畫像詩詞探析

主講：卓清芬教授（中央大學中文系教授）

二〇二〇年六月　第八十九次講座

講題：欲吐哀音只賦詩：林獻堂詩與近代台灣

主講：廖振富教授（中興大學台文所特聘教授）

二〇二〇年七月　第九十次講座

講題：春秋詩筆：詠史詩、詩史與戰爭書寫

主講：邱怡瑄教授（臺灣大學中文系兼任助理教授）

二〇二〇年九月　第九十一次講座

講題：戰後東南亞漢詩社群在台發表與本土書寫

主講：李知灝教授（中正大學台灣文學與創意應用研究所副教授）

二〇二〇年十月　第九十二次講座

講題：他鄉即故鄉—新竹舉人鄭家珍及其歸省留別詩

主講：詹雅能教授（東南科技大學通識教育中心副教授）

二〇二〇年十一月　第九十三次講座

講題：以偏蓋全—談談《唐詩三百首》掩蓋下的唐詩樣貌

主講：陳美朱教授（成功大學中文系教授）

二〇二〇年十二月　第九十四次講座

講題：詞心、詞情、詞境—談「別是一家」的詞體美學

主講：黃雅莉教授（清華大學華文文學研究所教授）

文化生活叢書・詩文叢集 1301053

天籟清詠 臺北市天籟吟社二〇一六至二〇二〇社員作品集

製　　作　楊維仁
主　　編　張富鈞
編　　輯　何維剛、莊岳璘
封面題字　姚啟甲
臺北市天籟吟社

發 行 人　林慶彰
總 經 理　梁錦興
總 編 輯　張晏瑞
編 輯 所　萬卷樓圖書(股)公司
排　　版　財政部印刷廠
印　　刷　財政部印刷廠

發　　行　萬卷樓圖書(股)公司
臺北市羅斯福路二段 41 號 6 樓之 3
電話 (02)23216565
傳真 (02)23218698
電郵 SERVICE@WANJUAN.COM.TW
香港經銷
香港聯合書刊物流有限公司
電話 (852)21502100
傳真 (852)23560735

ISBN 978-986-478-385-4
2020 年 12 月初版一刷
定價：新臺幣 400 元

如何購買本書：
1. 劃撥購書，請透過以下帳號
帳號：15624015
戶名：萬卷樓圖書股份有限公司
2. 轉帳購書，請透過以下帳戶
合作金庫銀行 古亭分行
戶名：萬卷樓圖書股份有限公司
帳號：0877717092596
3. 網路購書，請透過萬卷樓網站
網址 WWW.WANJUAN.COM.TW
大量購書，請直接聯繫，將有專人為您服務。(02)23216565 分機 610

如有缺頁、破損或裝訂錯誤，請寄回更換

國家圖書館出版品預行編目資料

天籟清詠 / 張富鈞主編. -- 初版.
-- 臺北市 : 萬卷樓, 2020.12

面；　公分. -- (文化生活叢書. 詩文叢集 ; 1301053)

ISBN 978-986-478-385-4(平裝)

863.51　　109015322